Légen
fantastiques
Charentaises
et gabayes

Éric **Nowak**

Geste éditions

L'auteur : Éric NOWAK

Né en Poitou (sud-Vienne), il réside à l'heure actuelle en Haute-Saintonge (Charente-Maritime) et travaille en Gironde saintongeaise (nord-Gironde = Pays Gabaye).

Ses études l'amènent à rédiger deux mémoires traitant de la langue régionale d'entre Loire et Gironde, en 1985 *Etude de la conjugaison de Genouillé (Vienne),* et en 1990 *La Langue poitevine-saintongeaise dans les publications relevant de l'action culturelle, auprès des jeunes, en matière de sciences et techniques.*
Il est l'auteur d'un recueil de textes en poitevin-saintongeais dans sa variante poitevine du sud-Civraisien et du nord-Ruffécois, intitulé *A Ras* et publié par Arantéle en 1993. L'un de ses textes a été retenu dans l'anthologie *Paroles d'Oïl* publiée par Geste Editions en 1995. Il a en outre collaboré à la *Grammaire du poitevin-saintongeais* de Michel GAUTIER (Geste éditions : 1993, réédition : 1996).

En 1996 sont parues ses *Légendes et comptines d'animaux en nord-Gironde et dans les deux Charentes* (Geste Editions). Il y collationne les croyances et la littérature orale (contes, légendes, dictons, comptines ...) relatives aux animaux de ce secteur, ainsi que leurs noms locaux.
En 1999 il s'écarte un peu du Poitou-Charentes en jettant un œil sur sur ses voisins orientaux avec la publication de *Etres fantastiques de Berry, Touraine et Sologne* (Geste Editions).

ISBN : 2-910919-83-8

Centre routier – 79260 LA CRÈCHE

Illustrations : Michel VIGNAU.

PRÉFACE

La Ganipote, bintout,
Qu'est pû chétie qu'un louc...

Ces deux vers sont tout ce qu'il me reste en mémoire d'une poésie saintongeaise que me disait ma grand' mère. Elle lui venait de Chatenet, dans le canton de Montlieu, de même qu'une histoire qui me faisait trembler, car elle évoquait un cheval blanc qu'on distinguait, dans la nuit, courant au dessus des toits du village. Comment ne pas penser à une variante de cette « chasse-galerie » galopante et hennissante qui sillonne peut-être encore le ciel du Poitou et de la Saintonge – et de bien d'autres provinces aussi, en France et ailleurs ?

Y a-t-il encore des grands mères qui transmettent à leurs petits-enfants les légendes que chacun connaissait au siècle dernier ? Je n'en suis pas assuré. C'est pourquoi je remercie – comme le feront tous ses lecteurs – Eric NOWAK de nous offrir les témoignages relatifs aux êtres fantastiques charentais qu'ont rassemblés les « folkloristes » de notre région. Il y a ajouté les récits qu'il a recueillis lui-même, au cours de ses enquêtes. Mais on voit bien qu'en dépit de ses démarches, la mémoire du fantastique traditionnel s'efface chez nous, comme elle le fait partout ailleurs, au profit du syncrétisme de dessins animés et de jeux électroniques qui empruntent surtout aux mythologies japonaise et anglo-saxonne.

Il est vrai pourtant, comme le suggère la vignette de la page de titre (citrouille d'Halloween, en charentais bigourne ou mitouarde) qu'une part de notre propre folklore peut aussi nous revenir d'outre Atlantique, grâce à la télévision. Car les citrouilles d'Halloween qui envahissent la France, au jour de la

Toussaint, depuis deux ou trois années, appartiennent à un passé celtique qui est aussi le nôtre. Il n'y a pas si longtemps que les loustics d'un village proche de Jonzac s'amusaient à faire d'une citrouille évidée à l'emplacement des yeux et de la bouche, et éclairée de l'intérieur par une bougie, le visage surnaturel et terrifiant d'un être d'outre tombe. C'est dans le cimetière qu'ils déposaient cette « mitouarde » dont j'ignorerais encore le nom saintongeais, si je n'avais lu Eric NOWAK, qui travaille avec bonheur, et aussi avec une rigueur scientifique, à ressusciter livre après livre, tout un passé que nous avons déjà très largement perdu.

Jean GLÉNISSON
président d'honneur
de l'université Francophone d'Été de Jonzac.

INTRODUCTION

Nombreux furent les auteurs qui évoquèrent les êtres fantastiques de notre région, leurs noms locaux et les légendes s'y rapportant. Mais nombre d'entre eux ne se gênèrent pas pour dénaturer ces légendes en y incluant des éléments historiques, en leur donnant une forme littéraire, ou en les modifiant au gré de leur imagination.

Ce genre d'extrapolations ne trouve pas sa place ici. Je me suis en effet tenu, dans la mesure du possible, à ne retenir que les légendes directement issues de la tradition orale.

Pour ce faire j'ai puisé dans les travaux de folkloristes respectueux du patrimoine oral de notre région. Parmi ces folkloristes, au début ou au milieu du 19e siècle, on trouve Chaudruc de Crazannes, Gautier, Lesson, et Jônain pour les Charentes, Belloumeau pour la Gironde saintongeaise; à la fin du 19e et au début du 20e on trouve Favraud pour la Charente, Musset et Pellisson pour la Charente-Maritime, enfin, dans la seconde moitié du 20e siècle, Mme Cadet et Mr Leproux[1] pour les Charentes.

En outre, lorsque la légende demeure tenace, enracinée dans les souvenirs, ou même parfois encore dans les croyances contemporaines, j'ai fait appel à mes propres enquêtes, réalisées entre 1986 et 1999 tant dans les deux Charentes qu'en Gironde Saintongeaise. Ces enquêtes viennent confirmer, compléter ou localiser plus précisément les données plus anciennes. De plus, à la liste déjà longue des êtres fantastiques charentais et gabayes, elles en ajoutent quelques-uns qui étaient vraissemblablement passés au travers des mailles du filet des folkloristes précédents.

Les légendes que vous découvrirez tout au long de ces pages, souvent attachées à des lieux, des monuments (mégalithiques en particulier) de la région, sont les derniers vestiges d'une mythologie régionale ancestrale puisant aux sources indo-européennes de notre civilisation, portion méconnue mais passionnante de notre patrimoine culturel régional.

Les noms des êtres fantastiques cités ici sont parfois en français, mais le plus souvent ils sont en charentais, c'est à dire en langue poitevine-saintongeaise[2]. À ce titre ce livre est donc aussi, à sa manière, un outil de réappropriation de notre langue régionale.

Qu'on ne s'y trompe pas, cette contribution à la revitalisation de la culture régionale ne représente en rien la tendance au repli sur soi prônée par certains tenants d'un régionalisme xénophobe. Elle s'inscrit au contraire dans la démarche générale de l'UPCP[3] prônant un choix de société multi-culturelle guidé par l'idée selon laquelle c'est la découverte de sa propre différence qui permet d'apprendre à respecter celle des autres.

C'est ce qu'évoquait déjà Olivier Caro, président de la Société des Amis du Vieux Blaye, dans la préface de mon dernier livre : «[...] *la multiplicité vécue comme richesse* [...] *assurera l'ouverture d'esprit* ». On retrouve une idée semblable sous la plume de Michel Gautier, vice-président du comité français du Bureau Européen des langues moins répandues, et ardent défenseur à l'UPCP de la langue poitevine-saintongeaise : « *A l'époque où l'on prend conscience de la nécessaire "bio-diversité" des espèces végétales et animales pour la survie de la planète et de l'espèce humaine, il convient de respecter tout autant la diversité des cultures et des langues* [...] *si nous voulons que s'épanouisse une société plus tolérante et plus riche*[4]. »

Cette idée, partagée par l'ensemble des mouvements régionalistes progressistes, se retrouve par exemple sous la plume de notre voisin gascon Alain Viaud, chargé de recherche au CNRS, qui dans un article paru en 1995 sur les langues régionales d'Espagne[5] écrivait : « *Le respect de la différence commence par l'identification de sa propre originalité et, partant, de celle des autres. Par là, la diversité ne serait point tant la parcellisation et le renfermement sur le particulier que l'ouverture à l'universel comme dénominateur commun conditionnant regards et compréhensions des parties entre elles.* »

À l'heure où, sous l'impulsion de la culture américaine, on fête Halloween un peu partout en France, le cortège des êtres fantastiques revient à l'honneur. Mais les lutins, les fantômes et autres vampires que l'on offre à la curiosité des petits et des grands sont ceux d'une culture passe-partout. Quel dommage qu'on oublie la multitude des êtres fantastiques qui peuplèrent autrefois (et peuplent encore parfois aujourd'hui) les nuits des différentes régions françaises !

Ce livre vient à point nommé pour faire revivre le peuple charentais et gabaye des *Aloufes, Bigornes, Bitards, Chaussevieilles, Chevaux mallets, Chevraules, Dames blanches, Darues, Fades, Fadets, Fois, Galoupes, Galipotes, Ganipotes, Gargantians, Letins, Loubinotes, Mérlusines, Mitouardes, Ranponaus, Ratapoéls, Revins,* et autres *Veilles*...

Éric NOWAK

1. La part réservée ici à ces deux derniers folkloristes (Mr Leproux et Mme Cadet) ne représente qu'une petite portion de leurs recherches sur le sujet dans les Charentes. Ceci est dû au fait que leurs travaux portent pour une large part sur la Charente limousine (= d'Oc). Or je n'ai retenu ici, parmi les données recueillies par eux deux, que celles qui concernaient la partie poitevine-saintongeaise (= d'Oïl) des Charentes : Charente-Maritime et ouest-Charente.

2. La langue poitevine-saintongeaise est en usage en Vendée, Deux-Sèvres, Vienne (sauf quelques communes du sud), Charente-Maritime, Charente (sauf l'est), nord-Gironde, dans quelques cantons du sud de la Loire-Atlantique et du sud-ouest de l'Indre, dans quelques communes de l'ouest de la Dordogne, et dans une enclave centrée sur Montségur, à cheval sur la Gironde et le Lot-et-Garonne. Ceci explique que dans ce livre les Charentes soient amputées de leur partie Occitane limousine (est de la Charente), en même temps qu'elles se trouvent augmentées de la Gironde saintongeaise (Pays Gabaye = nord de la Gironde). En se plaçant sur un plan synchronique, on a l'habitude (même si les choses ne sont en fait pas si simples) de distinguer au sein du poitevin-saintongeais (d'après le système de pronoms personnels) deux principaux groupes de variantes légèrement différents l'un de l'autre, le groupe des variantes saintongeaises, utilisées principalement en Saintonge et en Angoumois ainsi que dans le nord de la Gironde, et le groupe des variantes poitevines, utilisées principalement en Poitou et en Aunis ainsi que dans l'extrême nord de la Saintonge. On rencontre donc dans ce livre le poitevin-saintongeais dans ses variantes saintongeaises du centre ou du sud des Charentes, ainsi que dans celles plus méconnues du nord-Gironde (Gironde saintongeaise ou Pays Gabaye du Blayais et du nord du Libournais). On y rencontre également le poitevin-saintongeais dans ses variantes poitevines, elles aussi assez méconnues, du nord de la Charente (cantons de Ruffec, Villefagnan, Aigre, Mansle, nord du canton de Saint-Amant-de-Boixe) et du nord de la Charente-Maritime (île de Ré, cantons de Marans, Courçon, La Rochelle, La Jarrie, Aigrefeuille-d'Aunis, Surgères, Loulay, Aulnay...).

3. L'UPCP (Union Poitou-Charentes-Vendée pour la Culture Populaire) est une fédération d'une quarantaine d'associations du Poitou et des Charentes, regroupant environs deux mille membres actifs, et agissant pour défendre et promouvoir la culture poitevine-saintongeaise.

4. GAUTIER Michel, *Grammaire du poitevin-saintongeais*, Mougon, Geste Editions, 1993.

5. VIAUD Alain, *La protection des langues : le miroir espagnol*, dans : *La langue poitevine-saintongeaise : identité et ouverture*, Mougon, Geste Éditions, 1995.

N.B.: Les paragraphes en caractères droits et entre guillemets sont des citations empruntées à un ouvrage dont les références se trouvent en note juste au dessous. Au sein d'une de ces citations, les passages en italique, entourés de crochets, sont des remarques de ma part ou des corrections que j'apporte. Les paragraphes en italique, et sans guillemets, sont des résumés que j'ai réalisés à partir de l'ouvrage cité en note, ou des commentaires de ma part, ou des reformulations de témoignages recueillis lors d'enquêtes ethnolinguistiques.

Orthographe : Pour les mots ou citations en poitevin-saintongeais contenus dans le corps des textes, l'orthographe utilisée par les auteurs cités a toujours été respectée. Seuls les mots issus de la thèse de Freddy Bossy, ou de L'Atlas Linguistique de l'Ouest, ont été réorthographiés, car ces ouvrages faisaient appel à un alphabet phonétique difficilement reproductible ici. Dans un souci de cohérence interne au livre, les encarts-titres ont été orthographiés de la manière la plus proche possible de l'orthographe des auteurs cités, donc d'une façon qui ne fait pas toujours appel au système normalisé régional.

L'ALOUFE

(nom charentais)

*Le « daru » (voir ce mot ainsi qu'entre autres « bitard » et « mitard ») est aussi connu sous d'autres noms. Ainsi c'est « **l'aloufe** » en Gironde saintongeaise au sud-est du canton de Saint-Ciers-sur-Gironde (à Marcillac et en direction de Saint-Savin-de-Blaye), où l'on parle de « la chasse aux aloufes ».*

[NOWAK Eric, enquête auprès de Mr Rémy GAY pour Marcillac (1999).]

L'ANGUILLE DE PONS

« Sirène encore, croyons-nous, **l'anguille de Pons** si légendaire dans la contrée. *[...]* Cette anguille prise un jour dans la poissonneuse rivière de la Seugne, était si belle que les habitants de la ville de Pons résolurent de la conserver; ils lui mirent une sonnette au cou et la descendirent dans l'énorme puits creusé jadis dans l'intérieur du château, sur l'emplacement occupé aujourd'hui par le château d'eau. De temps à autre, les Pontois allaient prêter l'oreille à l'orifice du puits pour constater la présence de l'animal. Mais si nous avons bonne mémoire, car il y a à peu près vingt-cinq ans que l'histoire nous était contée par le regretté M. Hudes, l'anguille ne se faisait entendre qu'à la veille de grands malheurs.»

[MUSSET Georges, *La Charente-inférieure avant l'h. et dans la l.*, 1885.]
Pons (Charente-Maritime).

L'ARBE D'ÉCART / L'ARBE D'ÉCARTE

(noms charentais)

Cette herbe fantastique est censée faire s'égarer quiconque marche dessus. Elle porte le nom d' « **arbe d'écart** » *en Charente dans le canton de Villefagnan (à La Magdeleine*[1]*), et celui d'* « **arbe d'écarte** » *en Charente-Maritime (à Rochefort*[2]*).*

À La Magdeleine, un vieil homme disait à mon informateur : « Petit, surtout vat pas au bois des Piousates : o y at de l'arbe d'écart . »

1. [NOWAK Éric, enquête en 1986 auprès de Mr GAGNÈRE Marius.]
2. [DOUSSINET R., *Les travaux et les jeux en vieille Saintonge*, 1967. Sa source est Mme L. GABORIT pour Rochefort.]

L'ARBE À LA DÉTORNE / L'HERBE À LA DÉTORNE / L'HERBE DE LA DÉTORNE / L'HERBE DÉTORNE

(noms charentais)

« **L'herbe détaurne** a la vertu, si l'on marche dessus, de vous désorienter et de vous faire perdre votre chemin. Herbe, hélas ! bien commune, et que pourtant on ne connaît pas... en botanique, du moins.»

[JÔNAIN P., *Dictionnaire du patois saintongeais*, 1869.]
Charentes : lieux non précisés.

« **l'Arbe à la détorne, l'herbe à la détorne, l'herbe de la détorne, l'herbe détorne** » : « Herbe mythique dont on prétend que, si l'on marche dessus, elle empêche de retrouver son chemin.

De nombreux récits mettent en scène l'herbe-détourne et son pouvoir maléfique, celui qui l'a piétinée étant condamné à paganer (ce verbe archaïque signifie : tourner en rond, chercher son chemin en vain).»

[BOSSY Freddy, *Lexique maritime de la Saintonge et de l'Aunis*, 1982.]
Littoral de la Charente-Maritime.

« *[...]* « l'herbe de Mélusine » appelée encore "**herbe de détourne**", parce que celui qui y pose le pied tourne en rond sans retrouver sa route et ne peut quitter le cercle enchanté que si un passant secourable – et aux pieds prudents !... – le prend par la main. À Saint-Thomas-de-Cosnac *[Conac]* et à Saint-Savinien-sur-Charente, si l'on s'égare dans les bois, c'est qu'on aura foulé sans la voir la fameuse herbe de détourne *[...]*. »

[LAMONTELLERIE Aurore, *Carte Mythologique de la France : départ. de la Char.-Mar.*, dans : *BSMF*, XXVI, 1957, p. 48.]
St-Thomas-de-Conac : canton de Mirambeau, St-Savinien, (Char.-Mar.).

LA BÊTE FARAMINE

(nom charentais)

« **Faramine (bête)** » : « Bête farouche fantastique *[...]*. »

[JONAIN P., *Dictionnaire du patois saintongeais*, 1869.]
Charentes : lieux non précisés.

LA BEURDASSE

(nom charentais)

*La « beurdasse » remplace en certains lieux la « vieille » (voir ce mot). On dit alors aux enfants que la « **beurdasse** » habite les puits, les mares... ceci afin de les dissuader de s'en approcher. La «beurdasse »* *est connue dans ce sens-là en Charente, dans le canton de Villefagnan (à Paizay-Naudoin).*

[NOWAK, enquête en 1999 auprès d'un informateur anonyme pour Paizay-Naudoin.]

BEURLUZÂ

(nom charentais)

« **Beurluzâ** » : « Surnom donné au soleil.»

[MUSSET Georges, *Glossaire*, 1929-1948.] (Il cite en source PELLISSON.)
Charentes : lieux non précisés.

LE BIAUR

(nom charentais)

« **Biaure** » : « Animal fantastique, doué d'une voix très forte; nom usité dans l'expression : "Avouer ine voué de biaure", comme en français une voix de Centaure.»

[MUSSET Georges, *Glossaire*, 1929-1948.] (Il cite en source PELLISSON.)
Charentes : lieux non précisés.

LA BIGORNE / LE BIGOURNÂ / LA BIGOURNE

(noms charentais)

« **Bigorne, bigourne, bigourgne**, s. f., **bigournâ**, s. m. » :

1. « Sorcier déguisé, ou plutôt transformé en bête, qui court la nuit, saute sur les épaules du premier passant qu'il rencontre et le reconduit jusque chez lui pour recommencer le même manège toute

la nuit. Le jour venu, il reprend sa forme ordinaire d'homme *[...].* »

2. « *[Doublet]* constate que cette superstition était courante dans l'arrondissement de Jonzac. »

3. « Il en est de même en Aunis et dans presque toute la région de la Saintonge. *[...]* »

4. « Dans l'arrondissement de Saint-Jean-d'Angély, à La Benâte notamment, on identifie les **bigournes, bigourgnes**, avec les loups-garous. »

[MUSSET Georges, *Glossaire*, 1929-1948.]
(Pour le 4, il cite en source : *Bullet. Soc. St-Jean-D'Angély*, 1886, p. 88.)
Arondissement de Jonzac, Aunis, La Benâte : canton de St-Jean-d'Angély, (Charente-Maritime).

«Les **bigornes** ou **bigournes** *[...]* ont été ou sont encore, dans une grande partie de la Saintonge et de l'Aunis, l'objet des mêmes terreurs superstitieuses que les ganipotes ou les loups garous. Les aires de ces croyances paraissent un peu différentes. Je me suis assuré que dans telles localités où l'on parle de bigournes on ne connaît pas les ganipotes et vice versa. J'ai constaté que la sphère de manifestation des bigournes est plutôt dans le centre et le nord du département de la Charente-Inférieure (cantons de Saint-Porchaire, de Saint-Savinien, de Tonnay-Boutonne, de Surgères, etc.), le champ d'action des ganipotes plutôt dans le sud et l'est (Marennes, Jonzac, Pons, etc.). En certaines contrées, pourtant, on connaît à la fois les bigournes et les ganipotes. »

[R. Eug., *Les Bigournes*, dans : *Bulletin de la Société des Archives Historiques, revue de la Saintonge et de l'Aunis*, XXII, 1902.]

Voici un avis passé dans la presse locale de l'Aunis en 1895, sous le titre « Une nouvelle Bigourne » : « Une **bigourne** (ganipote ou loup-garou) vient de faire son apparition à Fouras, on n'en avait pas vu depuis une douzaine d'années. Cette horrible bête va se poster tous les soirs, vers huit heures 1/2, dans un bois le long de la ligne ferrée. Elle se montre sous différentes formes et effraie les personnes qui passent là. Mères de famille, veillez ! »

[*L'Echo de Châtelaillon-les-Bains*, n°44, 10 novembre 1885.]
Fouras : canton de Rochefort sud (Charente-Maritime).

« Entre Saint-Vivien et le Pontreau, sur la route de Thairé, se dresse le Moulin de la Pierre, ainsi nommé d'une pierre levée détruite *[...]*. Or, nous nous souvenons encore de l'aventure telle que nous l'entendions raconter dans notre enfance par un brave paysan, le père Courtier *[...]*.

Dans sa jeunesse, Courtier revenait un soir, fort tard, de Saint-Vivien-du-Vergeroux, vers Thairé, en suivant la route du Pontreau. À la hauteur du Moulin de la Pierre, il entend dans le lointain un bruit analogue à celui d'un lourd carosse roulant sur un chemin chargé de pierres. Le fait est d'autant plus extraordinaire qu'à l'exception des routes nationales, situées à de grandes distances, aucune voie n'est carrossable dans la région. Mais le bruit augmente d'intensité, et l'objet ou l'être qui le produit semble se rapprocher de plus en plus du Moulin de la Pierre, quand tout-à-coup arrivant à la palisse qui borde le chemin, il la franchit et s'élance du même bond sur le dos du malheureux piéton, en le saisissant au cou de ses deux pattes velues. Une **bigourne** seule pouvait arriver ainsi sur le dos des passants, et notre malheureux vigneron, n'osant détourner la tête, reprit à la hâte le chemin de son domicile, haletant et courbé sous le poids du hideux animal. Aux approches des maisons, la bigourne reprit d'un bond à travers champ sa course désordonnée, tandis que le héros de l'aventure venait tomber épuisé et anéanti sur l'escabeau de son logis, où, la sueur au front et le froid au coeur, il racontait, à mots entrecoupés, l'aventure effrayante dont il venait d'être victime *[...].* »

[MUSSET Georges, *La Charente-Inférieure avant l'h. et dans la l.*, 1885.]
St-Vivien : canton de La Jarrie, (Charente-Maritime).

Deux toponymes ont conservé la mémoire des **bigournes** *: La « Pièce de la Bigourne » à Gémozac, et le « pont des Bigournes » à Yves.*

Yves, : canton de Rochefort sud, Gémozac, (Charente-Maritime).

LA BIGORNE (sens 2)

(nom charentais)

La « bigorne » remplace en certains lieux la « vieille » (voir ce mot). On dit alors aux enfants que la « **bigorne** *» habite les puits, les mares... ceci afin de les dissuader de s'en approcher. La «bigorne » est connue dans ce sens-là en Charente, au nord-est du Ruffécois, dans les deux seules communes poitevines-saintongeaises des cantons de Confolens-nord et de Champagne-Mouton : Pleuville et Le Bouchage.*

[NOWAK Eric, enquêtes en 1998 auprès de trois informateurs anonymes : un pour Pleuville et deux pour Le Bouchage.]

LA BIGOURNE (sens 3)

(nom charentais)

Pour ce 3e sens voir à « Mitouarde » (sens 2).

LE BITARD

(nom charentais)

*Le « daru » (voir ce mot ainsi qu'entre autres « aloufe » et « mitard ») est aussi connu sous d'autres noms. Ainsi c'est le « **bitard** » (prononcé « **bitâr** » ou « **bitar** ») en Charente-Maritime, dans le canton de Courçon (à La Ronde et à Taugon) et dans le canton de Surgères (à Marsais).*

[NOWAK Eric, enquêtes auprès de 4 informateurs anonymes, un pour La Ronde (1998), deux pour Taugon (1998 et 1999), et un pour Marsais (1999).]

BLLANCHARD

(nom charentais)

«**Bianchard** a couché d'hoère! » : « Blanchard a couché dehors. Blanchard personnifie la neige; dans Bianchard il y a biant, blanc.»

[DOUSSINET R., *Les travaux et les jeux en vieille Saintonge*, 1967.]
Arrondissement de Cognac (Charente).

LE BONHOMME JOB

« Le **bonhomme Job** était allé voler un fagot de branchages dans la forêt, un jour de dimanche. Jésus-Christ passa, lui reprocha son double crime et le condamna à aller habiter la lune avec son fagot sur le dos. Depuis ce temps, on peut l'y distinguer, quand la lune est claire et il y restera jusqu'à la fin du monde. »

[FAVRAUD A., *Quelques légendes et anciennes pratiques de la Ch.*, 1913.]
Saint-Fraigne : commune du canton d'Aigre (Charente).

« La lune semble bien habitée. Certains y ont découvert le **bonhomme Job** ; d'autres un voleur de fagots. »

[DOUSSINET R., *Les travaux et les jeux en vieille Saintonge*, 1967.]
Charentes : lieux non précisés.

BOURGUIGNON

(nom charentais)

« **Bourguigon** » : « Le soleil, quand il est à l'horizon d'un grand éclat à son lever ou surtout à son coucher. « Vela bourguignon qui se lève. » Très employé en Aunis dans toute la première moitié du XIXe siècle, et même depuis à l'occasion.»

[MUSSET Georges, *Glossaire*, 1929-1948.]
Charentes : lieux non précisés.

« *[...]* ma bonne maman ne se lassait pas de répéter à mon frère aîné (alors gamin et qui s'impatientait au bout du champ de moghettes sis à proximité de la forêt) : Jhe nous en érons quant' **Bourguignon** s'ra chet dans les pieds de pin. Ou encore : Jh'nous en n'érant que quant' bourguignon s'ra chet darre les pieds d'pins. »

[CHATREAU Gilbert, *Des parlers, us et coutumes de chez nous*, 1971.]
Canton de La Tremblade (Charente-Maritime).

LE BROCHET DU MÉDON

«*[...]* il habite ces retraites inaccessibles des bois qui couvrent les circuits inexplorés du Médon où se réfugie l'imprenable et monstrueux brochet qui fuit les parcours trop connus du ruisseau, lorsque le Médon presque tari, ne porte à la Saye qu'un mince filet d'eau. Ce **brochet**, tous les pêcheurs l'ont vu, ils ont pu apprécier son poids, son volume extraordinaire, mais il a échappé à tous leurs pièges, déjoué toutes leurs tentatives, et est devenu pour tous *[...]* un être extraordinaire et quasi surnaturel, dont il faut bien prendre garde aujourd'hui d'exciter la colère et le ressentiment. »

[MONGIS Théophile (l'abbé), *A travers genêts et bruyères*, 1894.]
Le Médon : sûrement Le Meudon, ruisseau du sud du canton de Montlieu-la-Garde (Charente-Maritime).

LA CHASSE - GALERIE / LA CHASSE-GALERITE

(noms charentais)

« En fait d'absurdes croyances, il faut citer la **Chasse-Galerie**, ou chasse volante, ainsi nommée parce qu'elle a lieu dans les airs; elle se compose de chiens courants, de chevaux ailés montés par des démons et des ames *[âmes]* maudites. Ceux qui disent avoir vu cette chasse, prétendent qu'elle est très bruyante : on entend des cris d'oiseaux, des aboiements, des hennissements, des miaulements, des voix plaintives, des hurlements sauvages, enfin comme une armée entière d'animaux criant, beuglant, clapissant, et semblant voyager dans les nuages.

Cette chasse est un signe certain qu'il doit se passer de grands événements, tels que la guerre, la famine, etc.; c'est bien pis quand elle descend jusqu'à terre : c'est ainsi que de vieux villageois racontent l'avoir vue au commencement de la révolution : ils affirment qu'elle se fit entendre avant le 14 juillet 1789, et qu'elle reparut en 1792 avant la terreur.»

[GAUTIER M.-A., *Statistique du département de la Ch.-Inf.*, 1839.]
Charente-Maritime : lieux non précisés.

« C'était encore pendant la nuit, mais à des époques relativement rares, qu'avait lieu la **chasse-galerie** ou chasse-volante, parce qu'elle avait lieu dans les airs. *[...]* Quand on avait le courage de crier assez fort : "Part à la chasse !" il vous tombait d'en haut soit une cuisse de chevreuil, une grillade de cheval, une joue de sanglier, un gigot de bélier, un quartier de bouc ou toute autre pitance *[...]* et aussi, quelquefois, ô horreur ! des débris de corps humain, une tête, une jambe, un bras, une côte tout sanguinolents... à l'aspect desquels les plus hardis reculaient d'effroi...»

[NOGUES J.-L.-M., *Les Mœurs d'Autrefois en Aunis et Saintonge*, 1891.]
Charente-Maritime : lieux non précisés.

Pellisson signale[1] qu'à son avis c'est « improprement » que Noguès (voir citation ci-dessus) parle de la « chasse-galerie ». Pellisson l'appelle, lui, « Chasse-Galerite ».

*Pourtant le terme « **chasse-galerie** » est attesté dans la moitié nord du département de la Charente, des cantons de Villefagnan[2] et de Jarnac[3] à la région comprise entre St-Amand-de-Boixe et Angoulême[4].*

1. [MARCUT Piare (pseudonyme de Pellisson), *La chasse galerite*, dans : *Bull. de la Soc. des Arch. Hist., revue de la Saint. et de l'Aunis*, XXII, 1902.]
2. [GAGNERE Marius, *Avant que le temps ne l'emporte...*, 1987.]
3. [MUSSET Georges, *Glossaire*, 1929-1948.] (Il cite en source Burgaud des Marets dont le parler est celui des environs de Jarnac (Charente).)
4. [CONDAT Jean, dit CHAPELOT J., Contes Balzatois, tome 2, 1878.]

---

*En Gironde saintongeaise l'abbé Belloumeau signale le mot « **chas-galerite** ». Il le traduit par « Chasse du Roi David ».*

[BELLOUMEAU, *Manuscrit*, 1863.]
Parler des environs de Laruscade: Canton de St-Savin (Gironde saintongeaise).

« **Chasse galerite** » : « chasse fantastique aérienne. »

[MUSSET Georges, *Glossaire*, 1929-1948.] (Il cite en source PELLISSON)
Charentes : lieux non précisés.

« **Chasse-galerite** » : « Une des vieilles terreurs de la campagne ; passage bruyant, la nuit, d'une troupe de diables sifflant, hurlant, faisant claquer des fouets et emportant des quartiers d'hommes. »

[JONAIN P., *Dictionnaire du patois saintongeais*, 1869.]
Charentes : lieux non précisés.

« *[...]* il ne faut pas dire *[...]* lorsque la chasse fantastique traverse le ciel : Mort à la chasse ! ou Part à la chasse ! *[Bréville]* ou Part à deux, Galerie ! *[Ile de Ré]*. Des os, des membres de chrétiens, des débris humains de toutes sortes vous tomberaient sur la tête. »

[DOUSSINET R., *Les travaux et les jeux en vieille Saintonge*, 1967.]
Bréville : canton de Cognac-nord (Charente), Ile de Ré (Ch.-Mar.).

« *[...]* la **chasse-galerite** *[...]* survolait la Saintonge dans les nuits de terreur.*[...]* Les vieilles gens du Guâ avaient édulcoré la légende. Qui réclamait sa part trouvait à sa porte un jambon qui durait toute l'année, mais il livrait son âme au diable. De toute façon, la chasse-galerite était présage de mort. Une très vieille femme avait entendu passer le cortège démoniaque vers 1848 *[au Guâ, au hameau de La Madeleine] [...]*. Aujourd'hui le terme n'est plus employé que pour désigner une bande bruyante, “une vraie chasse-galerite” disent les grands'mères. »

[LAMONTELLERIE Aurore, *Carte Mythologique de la France : dép. de la Char.-Mar.*, dans *BSMF*, XXV, 1957, p. 26.]
Le Guâ : canton de Marennes (Char.-Mar.), et autres lieux...

« **Chasse galerite** » : « ne s'emploie plus guère que dans son sens second de groupe d'enfants ou d'animaux agités, bruyants, énervés.»

[BOSSY Freddy, *Lexique maritime de la Saintonge et de l'Aunis*, 1982.]
Littoral de la Charente-Maritime.

LE CHAT CAPITAU

(nom charentais)

« À Villemalet, commune de La Rochette, canton de La Rochefoucauld, Charente, vers 1920, j'ai entendu une bonne vieille, "la Louise Prot", Louise Perrotin, née vers 1850 ou 1855 dans la région de Champniers (Charente), parler du **chat "capitau"**. C'était un chat noir qui, par les nuits noires, se promenait sur les toits des maisons. Il dévorait les œufs dans les basses-cours.

Je n'ai nulle part ailleurs, ni par d'autres, entendu parler de cet animal redouté. Seule, "la Louise Prot" l'avait vu ou deviné.

Quelqu'un connaîtrait-il cet être fantastique ? »

[CADET Albertine, *Question : Le chat capitau*, dans : *Aguiaine, revue de la SEFCO*, tome 1, 11e liv., 1961.]
Champniers : canton du Gond-Pontouvre (Charente).

LA CHAUSSEVIEILLE / LE CAUCHEMAR

(nom charentais / nom français)

« **Chaussevieille** : être fantastique qui passe, pendant la nuit, par le trou de la serrure, ne suce pas le sang de sa victime, mais l'étouffe en s'étendant sur elle. »

[BELLOUMEAU, *Manuscrit*, 1863.]
Parler des environs de Laruscade: Canton de St-Savin (Gironde saintongeaise).

« Le **cauchemar** est aussi pour le peuple une vieille sorcière, ou plutôt une espèce d'esprit diabolique qui passe facilement par le trou de la serrure et vient se jeter sur vous pendant votre sommeil, si vous êtes couché sur le dos : il monte sur le lit par le pied et se fait un malin plaisir de vous étouffer. »

[GAUTIER M.-A., *Statistique du département de la Charente-Inférieure*, 1839.]
Charente-Maritime : lieux non précisés.

LA CHEN NÈGRE / LE CH' NÈGRE

(noms charentais)

« **Chen nègre, ch' nègre** » : « Chien noir, nègre, ganipotte. »

[MUSSET Georges, *Glossaire*, 1929-1948.]
Ile de Ré (Charente-Maritime).

LES CHEVAUX FANTASTIQUES

« L'océan a été martelé par **le cheval du sorcier de La Tranche** (Vendée) qui s'en venait à Ré par le chemin des vagues, et s'en retournait de même. Ce coursier magique commençait son voyage quand son maître avait cueilli une touffe de mousse à minuit, à la porte d'un cimetière. »

[LAMONTELLERIE Aurore,*Carte mythologique de la France : dép. de la Ch.-Mar.*, dans : *BS.F*, XXIX, 1958, p. 27.]
Ile de Ré (Charente-Maritime).

«Le seigneur de St-Martin-de-la-Coudre voulait marier sa fille à son vieux compagnon Adhémar du Douhet ; mais la jeune fille aimait Alexis de la Benate qui fut tué en duel par son rival. La fiancée reçut en cadeau **le cheval blanc** du mort. Le jour du mariage, l'animal que montaient les époux, lança des flammes par les naseaux, imprima sur le sol sept croix avec ses fers, jeta Adhémar dans les douves et emporta la châtelaine évanouie dans la nue. Jusqu'en 1789, Marguerite, de blanc vêtue, est apparue sur le cheval blanc d'Alexis.»

[LAMONTELLERIE Aurore,*Carte mythologique de la France : dép. de la Char.-Mar.*, dans : *BSMF*, XXV, 1957, p. 26.]
(Elle cite en source : *Chroniques Char. de St-Jean-d'Angély*, 21/12/1875.)
St-Martin-de-la-Coudre : commune de Bernay-St-Martin : canton de Loulay, (Charente-Maritime).

LE CHEVAU MALLET

(nom charentais)

« Le **ch'vau mallet** : le voyageur surpris par la nuit était parfois suivi par un cheval noir; il devait bien se garder de l'enfourcher. C'était un animal du démon qui, dans un vol fantastique, devait l'emporter en enfer, à moins, toutefois, que l'homme n'ait sur lui un sou marqué d'une croix. »

[DOUSSINET R., *Les travaux et les jeux en vieille Saintonge*, 1967.]
(Il cite en source P. MARTIN-CIVAT.)
Charentes : lieux non précisés.

«C'était le temps où *[...]* les anciens racontaient ce qu'ils tenaient de leurs pères, de leurs voisins, ou plus rarement ce qu'ils croyaient avoir vu eux-même. *[...]* Celui-ci disait avoir rencontré la bigourne, la ganipote, le **cheval Mallet**; *[...]* .»

[MUSSET Georges, *La Charente-Inférieure avant l'h. et dans la l.*, 1885.]
Charente-Maritime : lieux non précisés.

LA CHEVRAULE

(nom charentais)

« **Chevraule** » : « Ganipote.»

[MUSSET Georges, *Glossaire*, 1929-1948.]
Charentes : lieux nons précisés.

LA CHEVRETTE (courir la)

(nom charentais)

« **Chevrette** » : « Se dit *[...]* pour désigner la fameuse bête blanche ou ganipote : « courir la chevrette». »

[JONAIN P., *Dictionnaire du patois saintongeais*, 1869.]
Charentes : lieux nons précisés.

LE COCATRI / LE COCATRU / LE COCATRÉ / LE COCATRIT' / LE COCADRI / L'EÙ COCATRI / L'EÙ COCADRI / L'EÙ CADRI / L'EÙ CATRI

(noms charentais)

«Le basilic, animal fabuleux à corps d'oiseau, et à queue de serpent, a survécu sous le nom de **coquatri**. En Aunis, ce nom désigne un dragon qui se précipite aussitôt né « dans le puits d'où il vient ». En Saintonge, c'est un petit œuf incomplet et sans jaune, pondu par un coq *[sic : par une poule]* qui aurait trop fréquenté les serpents. Le basilic légendaire tuait d'un seul regard, ce qui explique d'emblée la manière dont on traitait "l'œuf coquatri". Quand la fermière avait le déplaisir de rencontrer un de ces petits œufs qu'elle détestait, elle le plaçait au milieu de l'aire, prenait un grand bâton et le brisait en disant : **Œuf coquatri**, je te voué ; O faut que tu moures avant moué.»

[LAMONTELLERIE, *Le Diable et sa part en Ch.-Mar.*, dans *B.S.M.F.*, 1960.]
Aunis (sans plus de précisions) et Saintonge (Charente-Maritime).

En Charente-Maritime (à La Clisse) on dit que ce petit œuf sans jaune est le fruit de l'union d'une poule avec un crapaud, ce dernier ayant séduit la poule grâce à la complicité d'une couleuvre qui charmait la poule. En Gironde saintongeaise (à St-Savin) on dit que cet œuf est le fruit de l'union d'une poule avec un serpent ou un crapaud.

*Ce petit œuf sans jaune se nomme « **cocatri** » dans la plus grande partie des Charentes. Mais on l'appelle aussi : « **cocatrit'** » : dans quelques localités d'Oléron, ou proches de l'estuaire de la Gironde, « **cocatré** » : dans quelques localités proches de l'estuaire de la Gironde, « **cocatru** » : à Péré près de Surgères, « **cocadri** » : des environs de Barbezieux au nord de Chalais, « **eù cocadri** » (« eù » prononcé « eu ») : en Charente au sud de Chalais, et en Charente-Maritime entre Montendre et Montlieu, « **eù cadri** » (« eù » prononcé « eù ») : vers Montguyon, « **eù cocadri** » (« eù » prononcé « eu » ou « u ») : des environs d'Aigre à ceux de Ruffec.*

*En Gironde saintongeaise on l'appelle « **cocadri** » vers Saint-Ciers-sur-Gironde et **« eù catri** » (« eù » prononcé « eu ») vers Guîtres.*

[D'après MASSIGNON G. et HORIOT B., *Atlas ling. de l'Ouest*, vol. 3, 1983.]
[NOWAK Éric, enquête en 1994 auprès de Claudine BASTISSE, pour St-Palais : canton de St-Ciers-sur-Gironde.]

CROQUEMITAINE / (LE GRAND) LUSTUCRUT / LE VIEU RATAPOÉL / LA BEITE NÈGRE DE LA COUBRE / COPE-POUZE

(noms charentais)

« L'enfant était élevé dans la crainte de créatures imaginaires ou réelles. Il redoutait : **Croquemitaine** ; le loup-garou ; **le grand Lustucrut** ; **le père Ramponneau ; le vieux Ratapoél**, **Cope-pouze**, la terreur des enfants qui suçaient leur pouce *[...]*. Quelques-uns de ces épouvantails étaient localisés : **la Beite nègre de la Coubre**, dans la région de La Tremblade; le vieux Mirou, de Saint-Jean-d'Angély, qui passait pour sorcier.»

[DOUSSINET Raymond, *Le Paysan saintongeais « dans ses bots »*, 1963.]
(N.B.: Malgré leur rôle de croquemitaines, le vieux Mirou et Camalet, cités aussi par Musset, ne sont pas des êtres fantastiques mais deux personnages bien réels, puisque le premier est un ancien cordonnier et le second un bandit.)

« **Lustucrut**, Personnage fantastique mis plaisamment au lieu et place de ceux que l'on ne veut pas nommer : "Çhi a fait çheu ? - Ol est Lustucrut." De l'eusses-tu crû .»

[JÔNAIN Pierre, *Glossaire du patois saintongeais*, 1869.]
Charentes : lieux non précisés.

LES DAMES BLANCHES (sens 1)

(francisation du charentais « dames bllanches »)

« Le puits des Mazureaux *[...]* est visité par les **Dames blanches** qui, pendant la nuit, les nuits d'orage surtout, forment des rondes autour de son orifice.

Une ruine des guerres de religion, pan de murs et vieille masure, existait encore là, il y a cinquante ans. Et plus d'un chasseur de canard sauvage, fut témoin, comme plusieurs l'assurent, d'effrayantes apparitions. Il est notoire parmi le peuple, qu'à moins de deux siècles derrière nous, un fanfaron n'avait pas voulu s'enfuir à la vue des Dames blanches qui surgissaient du sol; il s'était même permis, le téméraire, de faire acte de courtoisie et de galanterie envers l'une d'elles; mais l'audacieux fut entraîné dans une sarabande infernale, soulevé de terre et emporté dans les airs, comme un petit nuage noir qui ne rendit à la terre que la coiffure du trop galant cavalier des dames fantastiques.»

[MUSSET Georges, *La Charente-Inférieure avant l'h. et dans la l.*, 1885.]
Puits des Mazureaux : Angoulins : 6e canton de La Rochelle (Char.-Mar.).

« Près de Virson, existe une très jolie fontaine qui se nomme la fontaine de Mandroux; elle est excessivement large, limpide, et l'on prétend qu'elle est sans fond.

On raconte à son sujet qu'une jeune fille habitait le château de Mandroux tout proche de la fontaine. Un jour, pousuivie par un jeune seigneur, elle se précipita dans la fontaine et le château disparut en même temps. À certain jour on aperçoit au fond du gouffre la silhouette du château, et l'ombre de la jeune fille, sous la forme d'une **dame blanche**, apparaît fréquemment sous la lune au-dessus du cristal des eaux.»

[MUSSET Georges, *La Charente-Inférieure avant l'h. et dans la l.*, 1885.]
Virson : canton d'Aigrefeuille-d'Aunis (Charente-Maritime).

« La légende de la **dame au blanc mantel** » : « Le récit de cette légende m'a été fait maintes fois par des vieillards de Tonnay-Boutonne, entr'autres ma grand'mère centenaire et un de mes oncles mort dans un âge très avancé. Ce dernier, fasciné par l'illusion, disait, avec une apparence de profonde conviction, avoir bien des fois dans sa vie vu la Dame au blanc mantel ; elle lui avait constamment apparue au même endroit, sur le seuil d'une ancienne poterne placée au bas du terrier de la tour de Tonnay-Boutonne. La demeure de ma famille occupait en effet le pied même du donjon et la maison de mon oncle avait cette poterne enclose dans son jardin. Il n'était pas seul à croire à la vérité de cette vision qui, au reste, n'avait lieu jamais que dans la nuit, à l'heure de minuit. Lorsque quelque grand évènement devait se passer dans la contrée, l'ombre de la dame se montrait enveloppée d'un manteau blanc, en mettant un doigt sur sa bouche pour réclamer le silence et puis elle s'évanouissait comme une large vapeur. »

[LESSON, *Histoire, arch. et légendes des marches de la Saintonge*, 1846.]
(LESSON donne ensuite une version littérarisée reprise par Musset en 1885)
Tonnay-Boutonne (Charente-Maritime).

Comme preuve de la persistance du mythe de la « dame blanche » dans les légendes comptemporaines, voici ce petit texte rédigé en 1997 par un élève d'une école primaire de Gironde saintongeaise (orthographe d'origine respectée) :

« J'ais antandus parlet de la **dame blanche** sa faits 1 en C'est mon frére qui ma dique i avais un dame blanche »

[Recueilli par Éric NOWAK en 1997 auprès d'un élève de CE1 de l'école de St-Christoly-de-Blaye, canton de St-Savin (Gironde saintongeaise).]

De nombreux toponymes ont conservé la mémoire de « dames » qui pourraient bien être des « **dames blanches**» : « La Font des Dames » à Touzac, « La chaume de la dame » au Thou, « La croix des dames » et « Les croix des dames » à Fontenille, « Le bois des dames » à Angoulême, Lamérac, Cognac, « Le champ des dames » à Sireuil, «La combe des dames » à Asnières, «Le jardin des* *dames » à Cognac, «La « rivière des dames à Sainte-Sévère, « l'Ile des Dames » à Cognac, «Les coteaux des dames à Torsac, «Le plantier des dames » à Champniers, « Le buisson des dames » à St-Séverin, «La pointe des dames » à Jurignac...*

(*Je n'affirme rien car il est possible qu'un certain nombre de ces « dames » évoquées par les toponymes soient des personnes réelles ayant marqué les lieux d'une façon ou d'une autre.)
Le Thou : canton d'Aigrefeuille-d'Aunis (Charente-Maritime), Asnières-sur-Nouère : canton de Hiersac, Touzac : canton de Châteauneuf-sur-Charente, Fontenille : canton de Mansle, Lamérac : canton de Baignes-Ste-Radegonde, Sireuil : canton de Hiersac, Ste-Sévère : canton de Jarnac, Torsac : canton de Villebois-Lavalette, Champniers : canton du Gond-Pontouvre, St-Séverin : canton d'Aubeterre-sur-Dronne, Jurignac : canton de Blanzac-Porcheresse, Couture : canton de Ruffec, Châteaubernard : canton de Cognac-sud, Cognac, Angoulême, (Charente).

LES DAMES VERTES (ou blanches sens 2)

« **Dame blanche** et **dame verte** » : « Loups garous.»

[MUSSET Georges, *Glossaire*, 1929-1948.]
Ile de Ré (Charente-Maritime).

LA GRANDE DAME DES RIVES

« Il ne faudrait pas agir si cavalièrement avec **la Grande dame des Rives**, *[...]* qui suit certains soirs à petits pas, les méandres capricieux des cours d'eau. Elle effleure d'un pied léger les herbes fleuries des bords des ruisseaux, d'où lui vient probablement son nom de Dame des Rives. Elle est surtout visible, de la Saint-Jean à la Notre-Dame de Septembre, par les nuits claires et sereines. Aux reflets argentés de la lune, sa robe d'une blancheur éclatante ressemble à une armure de métal brillant. Malheur à ceux qui la rencontrent et que la curiosité attire à sa portée !

Elle les saisit d'une étreinte vigoureuse et cherche à les noyer dans le trou d'eau le plus voisin.»

[MONGIS Théophile (l'abbé), *À travers genêts et bruyères*, 1894.]
Haute-Saintonge (Charente-Maritime).

LA DARUE / LE DARU / LE DAHU / LE DAR

(noms charentais)

« **Daru** : bête imaginaire des farces de chasseurs. »

[HILLAIRET Robert, *Lexique illustré du parler charentais*, 1973.]
Environs de St-Simon, canton de Châteauneuf-sur-Charente (Charente).

«Le **daru**[1] ou **dard**[2] est un animal qu'il faut absolument prendre vivant tant sa fourrure est fragile. Il se glisse dans les fossés et passe sous les ponts et ponceaux. Pour s'en emparer vif, il suffit de présenter l'ouverture d'un sac à la sortie de l'un d'eux. Par une nuit noire et froide, les rabatteurs se perdent dans l'obscurité. L'homme au sac attend le signal convenu pour tendre le piège. Il attend une heure, deux heures, trois heures... le nigaud peut attendre, le daru est un animal imaginaire né du cerveau goguenard de joyeux lurons.

Au village, les rabatteurs attablés près d'un bon feu jouent aux cartes, et mangent des marrons grillés qu'ils humectent de vin nouveau.»

[DOUSSINET R., *Les travaux et les jeux en vieille Saintonge*, 1967.]
(Il cite en source : 1 : ses enquêtes à Bréville : canton de Cherves-Richemont (Charente), 2 : P. LUCAS, pour Coutras (Gironde saintongeaise).)

---

*Le « daru » est connu sous de nombreux noms (voir entre autres « aloufe », « bitard » et « mitard ») Comme nous venons de le voir ci-dessus cet animal s'appelle « **le daru** » en Charente, dans les cantons* *de Châteauneuf-sur-Charente (à St-Simon) et de Cherves-Richemont (à Bréville). On l'appelle encore « **le daru** » dans un autre canton de Charente, celui de Brossac (à Châtignac), et en Charente-Maritime, dans le canton de St-Porchaire (à Pont-l'abbé-d'Arnoult). Mais, dans ce dernier canton, on l'appelle aussi « **la darue** » (à La Vallée). C'est encore ainsi, « **la darue** », qu'on l'appelle en Charente, à Pleuville (la seule commune poitevine-saintongeaise du canton de Confolens-nord), et en Gironde Saintongeaise, à St-Ciers-sur Gironde. Le nom « **dahu** », diffusé par le français, a tendance à faire oublier tous les autres, et semble être le seul connu dans certaines portions des Charentes, par exemple à Bioussac (canton de Ruffec : Charente).*

[NOWAK Éric, enquêtes réalisées en 1999 auprès de Mme Odette FAYE pour Châtignac, et en 1998 auprès de : Melle BONNET Renée pour Pont-l'Abbé-D'Arnoult, Mr GRENON Roger pour La Vallée, Mmes BRIOLAIS Francette, BERTINEAU Brigitte et GRAVELLE Nicole pour St-Ciers-sur-Gironde, et deux informateurs anonymes, un pour Bioussac, l'autre pour Pleuville.]

LES DEMOISELLES BLANCHES

(francisation du charentais « demoeséles bllanches »)

« Les **demoiselles blanches** » : *Êtres faisant autrefois des apparitions d'après les anciens.*

[NOWAK Eric, enquête en 1986 auprès de Mr GAGNÈRE Marius, pour La Magdeleine : canton de Villefagnan (Charente).]

---

*Plusieurs toponymes ont conservé le souvenir de « Demoiselles » qui pourraient bien être des « **demoiselles blanches** » : le « Terrier de la Demoiselle » au Thou, la « Pointe des Demoiselles » à Condéon, le « Champ des Demoiselles » à La Chèvrerie et à Réparac, la « Font des Demoiselles » à Montigné.*

*Autrefois le mot « **pute** » signifiait « demoiselle », et plusieurs toponymes ont conservé* *le souvenir de « putes », donc de « Demoiselles » qui pourraient bien être, elles aussi, des « Demoiselles blanches ». Ainsi : la « Font des Putes » à Birac, la « Fontaine des Putes » à Voulgézac et à Angoulême, de même que vraissemblablement la « Fontaine putée » à Brie-Bardenac.*

Le Thou : canton d'Aigrefeuille-d'Aunis (Charente-Maritime), Condéon : canton de Baignes, Réparsac : canton de Jarnac, La Chèvrerie : canton de Villefagnan, Montigné : canton de Rouillac, Voulgézac : canton de Blanzac-Porcheresse, Brie-Bardenac : canton de Chalais, Birac : canton de Châteauneuf-sur-Charente, Angoulême, (Charente).

LE DIABLLE / LE DIABLE

(nom charentais / nom français)

«**Diablle** et **Diab'**. Juron banal » : « Diab' manghe ! Diab' t'emporte ! - Être imaginaire sur le compte duquel on met tout le mal et une partie du bien. »

[JONAIN P., *Dictionnaire du patois saintongeais*, 1869.]
Charentes : lieux non précisés.

« Dans la portion de la commune de Cézac qui touche La Ruscade au milieu d'une terre qui dépendait du Logis de Pont-aux-Pins on voit encore un Tumulus assez bien conservé que l'on nomme la Dornée do **diabe**. Voici l'origine de ce nom. Le propriétaire de Pont-aux-Pins voulut bâtir un moulin à vent : Ne trouvant dans sa propriété aucun emplacement assez élevé, il s'adressa au diable et conclut avec lui le marché suivant : Le Meunier lui donnait son âme, et le diable s'engageait à transporter toute la terre nécessaire à l'enhaussement de l'emplacement. Le diable remplit sa dorne (tablier) de terre et se mit en marche pour la porter au lieu fixé, lorsque le meunier voisin qui craignait la concurrence se mit en prière et le força de lâcher les coins de sa dorne et de répandre toute la terre qu'elle contenait. De là le nom de Dornée do diabe. Malgré cet échec le moulin fut construit mais le mauvais voisin eut encore assez de pouvoir pour y renfermer le diable, et le moulin n'a jamais fait de bonne farine. On montrait le trou par où le diable s'était introduit. Ce moulin a été détruit il y a une dizaine d'années. »

[BELLOUMEAU, *Manuscrit*, 1863.]
Cézac : canton de Saint-Savin (Gironde saintongeaise).

---

1. « Dans la Région Saintongeaise on trouve à Saint-Palais le Pont du **Diable** au sujet duquel la légende rapporte que toutes les nuits, le diable s'amusait à démolir le travail qui avait été fait dans la journée.»

2. « Dans la Région Angoumoisine dans la commune de Puymoyen, au village du Grand et du Petit Rochefort, on montre à l'extrémité d'un éperon rocheux les vestiges d'une construction que l'on désigne sous le nom de château du **Diable** "parce que tout le travail de construction édifié dans la journée se trouvait démoli pendant la nuit, sans que l'on pût jamais arriver à surprendre ceux qui manifestaient ainsi leur puissance malfaisante".»

3. « A Roullet, le "château Rompu" qui affecte la forme d'un marteau, fut construit à la suite d'un pacte avec **le diable**. Celui-ci dit au maçon en lançant son marteau : "Tu seras riche ! Où il tombera, nous construirons un château avec une chapelle sans cloche". Le jour de la dédicace de la chapelle, un violent orage s'éleva et l'édifice fut détruit. »

4. « C'est lui ***[le diable]*** *[...]* qui pousse les gémissements que l'on entend du trou de Champniers et qu'on attribue parfois à des âmes en peine *[...]*. »

[LEPROUX Marc, *Médecine, Magie et sorcellerie*, 1954.]
St-Palais : lequel? (il y en a trois dans les Charentes), Puymoyen : canton de La Couronne, Roullet-St-Estèphe : canton de La Couronne, Champniers : canton du Gond-Pontouvre, (Charente).

« On parle parfois, dans la Charente, de marais ou d'étangs si profonds que **le diable** lui-même ne peut parvenir à les combler»

[SEBILLOT Paul, *Le Folklore de France*,1904-1906.]
Charente : lieux non précisés.

« Dans la commune de Saint-Laurent de la Prée, sur un domaine appelé L'Houmée, au milieu d'une pièce de terre labourable, se trouvent, à deux cents pas l'un de l'autre, deux monuments Druidiques de figure à peu près semblable. L'un est un quartier de roche calcaire, creusé en forme d'auge, et recouvert d'une pierre plate *[...]*. L'autre Dolmen est beaucoup plus grand : le couvercle en a été enlevé et se trouve dans la cour d'une métairie voisine. Les paysans racontent qu'**un démon** voulant montrer sa force, prit un jour cette table, la lança à mille pas de lui et fit jaillir une fontaine de l'endroit où elle vint tomber.»

[GAUTIER A.-M., *Statistique du dépar. de la Charente-Inférieure*, 1839.]
St-Laurent-de-la-Prée : canton de Rochefort sud (Charente-Maritime).

« Deux monuments celtiques *[...]*, sont situés à l'Oumée, ou l'Houmée, près de Rochefort, au centre d'une plaine basse et à une faible distance du pont de Charras *[...]*.

La deuxième pierre couverte n'a plus de table ou fermeture *[...]* elle se trouve dans la cour du fermier de la métairie de l'Houmée, suivant l'opinion commune. Les paysans ont même, à cet égard, une idée qui, toute puérile qu 'elle est, doit être recueillie pour ne rien laisser à désirer sur l'objet qui nous occupe. Ils disent que **le mauvais génie**, pour montrer sa puissance, la prit un jour et la lança à 1 kilomètre de là, où elle fit jaillir une fontaine dans l'endroit où elle vint frapper, et, comme elle gênait dans le lieu devenu l'abreuvoir du bétail, le fermier, moins puissant sans doute que le génie, ne pût, qu'à l'aide de bœufs, lui faire traverser un court espace et l'introduire dans la cour de sa ferme où il a su l'utiliser.»

[LESSON, *Ère celtique de la Saintonge*, 1847.]
(Lesson a déjà publié cette légende en 1842 dans *Fastes.* Mais, à la place du « mauvais génie », c'est le « diable » qu'il met alors en scène.)
St-Laurent-de-la-Prée : canton de Rochefort sud (Charente-Maritime).

« Quelquefois, **le diable** apparait sous les traits d'un voyageur inoffensif et serviable très respectueux de Dieu, mais se révèle par une prouesse dépassant les limites du commun, comme nous le prouve le récit suivant recueilli par Favraud, qui le tenait du curé de Bardenac, lui-même.

Au mois d'août 1886, un cultivateur remontait la côte de Brossac avec une charrette de gerbes ; l'attelage brusquement s'arrêta ; imprécations, jurons, coups, rien ne peut le faire démarrer. Un inconnu s'approcha et dit :

- "Vous offensez Dieu, vous faites souffrir vos animaux bien inutilement. Voulez-vous me permettre de vous aider ?"

- "Je le veux bien !"

Le voyageur s'empare de l'aiguillon et sans mot dire se place devant l'attelage qui s'ébranle et escalade la côte sans effort. Le paysan ravi veut, pour remercier son aimable compagnon, le régaler d'un verre de vin. Dans l'auberge l'inconnu dépose sur une chaise un petit paquet que le fermier pour dégager le siège n'arrive pas à soulever.

Toute la population de votre commune réunie ne soulèverait pas ce paquet, dit l'étranger.

De fait pas une des personnes présentes ne put en venir à bout. Quant au voyageur, il le saisit du bout des doigts et sans effort, le souleva et le déposa ailleurs, au grand ébahissement des spectateurs; et malgré la présence des gendarmes et bien que portes et fenêtres aient été soigneusement fermées, l'étranger disparut avec son paquet.»

[LEPROUX Marc, *Médecine, Magie et sorcellerie*, 1954.]
Brossac (Charente).

« Si le soleil se montrait à travers les nuages en même temps que l'arc-en-ciel, alors même qu'il pleuvait quelque part : c'était que **le diable** battait sa femme à coups de bonnet (alias : à coups de balai). »

[NOGUÈS J.-L.-M., *Les Mœurs d'autrefois en Aunis et Saintonge*, 1891.]
Charente-Maritime : lieux non précisés.

Lorsqu'il pleut et fait soleil en même temps, on dit, à l'Ile d'Oléron : « O mouille, o fait souleil, **le diâbe** bat sa femme à cop d'queneuille.»*, dans le Cognaçais :* « Ol ét **le yâb** qui bat sa femme à cots de bounet. »*, et en Gironde saintongeaise :* « **Le diâbe** marie sa fille. »

Lorsque le tonnerre gronde, on dit en Gironde saintongeaise : « **Le diâbe** rince ses barriques. »

[BOSSY Freddy, *Lexique maritime de la Saintonge et de l'Aunis*, 1982, pour l'Ile d'Oléron (Charente-Maritime).]
[DOUSSINET Raymond, Le Paysan saintongeais « dans ses bots », 1963, pour Bréville : canton de Cognac-nord (Charente).]
[NOWAK Éric, enquête en 1999 auprès de Mme BRIOLAIS Francette, pour St-Ciers-sur-Gironde (Gironde saintongeaise).]

Un toponyme a conservé la mémoire du ***Diable*** *: le « Four du diable » à Échillais.*

Échillais : canton de St-Agnant (Charente-Maritime).

LE DIABLE DANSEUR

Souvent l'on raconte que le « ***diable*** *», sous la forme d'un beau jeune homme sachant très bien* *danser, apparait à une jeune fille qu'il invite à danser.*

Ce récit a maintes fois été recueilli dans la partie d'oc de la Charente (Charente-Limousine). Mais pour la partie d'oïl des Charentes (Charente-Maritime et ouest de la Charente) Leproux signale simplement, sans en donner le récit, qu'une version de ce conte a été recueillie à Ruelle (ouest de la Charente = Charente d'oïl), et qu'une autre l'aurait été à Saint-Thomas-de-Conac (Charente-Maritime).

[D'après LEPROUX Marc, *Médecine, magie et sorcellerie*, 1954.]
Ruelle (Charente), St-Thomas-de-Conac : canton de Mirambeau (Ch.-Mar.).

LÉS DIABLLOTONS / LÉS DIABLLOTAUS / LÉS DIABATONS

(noms charentais)

*Toujours dans le sens de « diablotin », on rencontre les mots : « **diablloton** » , « **diabâton** » , et « **diâbloteau** ».*

[JONAIN P., *Dictionnaire du patois saintongeais*, 1869, (pour« Diablloton »)]
[MUSSET Georges, *Glossaire*, 1929-1948.] (Il cite en source PELLISSON pour « Diabâton » et RAINGUER pour « Diâbloteau ».)
Charentes : lieux non précisés.

---

*En Gironde saintongeaise « **diabloton** » (prononcé « diâbioton ») ainsi que le féminin « **diablotoune** » (prononcé « diâbiotoune ») sont des termes d'affection à l'adresse des enfants.*

[BELLOUMEAU, *Manuscrit*, 1863.]
Parler des environs de Laruscade : Canton de St-Savin (Gironde saintongeaise).

LE DIAMOURE

(nom charentais)

« **Diamoure** » : « Autre diminutif de diable. »

[JONAIN P., *Dictionnaire du patois saintongeais*, 1869.]
Charentes : lieux non précisés.

LE BON DIEÙ

(nom charentais)

« Dieu, Peu usité ainsi ; on dit mieux : **le Bon Dieu** *[...]*. « Si le Bon Dieu veut » formule protestante pour tout ce qui a rapport à l'avenir : "J'érons vous voir demain, si le Bon Dieu veut". "Devant Dieu, seit-i', devant Dieu seit soun âme ! *[...]* " Formule des deux cultes, en parlant d'une personne défunte. »

[JÔNAIN P., *Dictionnaire du patois saintongeais*, 1869.]
Charentes : lieux non précisés.

À Fouras, lorsqu'il pleut et fait soleil en même temps, on dit : « **Le bon Dieu** bat sa femme ».

Dans le Cognaçais, lorsque le tonerre gronde on dit : « Ol ét **le bon Yeu** qui rabâte ses cheises », ou « Ol é le **bon Yeu** qui brasse ses calâs » *[= ses noix]*.

1. [BOSSY Freddy, *Lexique maritime de la Saintonge et de l'Aunis*, 1982, pour Fouras (Charente-Maritime).]
2. [DOUSSINET R., *Les travaux et les jeux en vieille Saintonge*, 1967, pour l'Arrondissement de Cognac (Charente).]
3. [DOUSSINET R., *Le Paysan saintongeais « dans ses bots »*, 1963, pour Bréville : canton de Cognac-nord (Charente).]

---

*Le mot « Dieù » est parfois prononcé « **Dieu** » mais plus souvent « **Yeu** ». Il peut aussi être prononcé*

*« **Diu** », comme dans la région d'entre Angoulême et Saint-Amand-de-Boixe.*

[« Diu » : CONDAT Jean, dit CHAPELOT J., *Contes Balzatois*, tome 2, 1878.]
Parler d'entre Angoulême et St-Amand-de-Boixe (Charente).

LES DRAGONS

« Dans le champ, bordant la route, en face de la montée des Barreaux, existaient deux trous appelés le "Four-des-Fades".

La légende prétend que c'est là qu'est enfoui le veau d'or, et le Jean-Jean nous assurait qu'étant tout petit il avait, en collant son oreille sur la route dont je vous ai parlé, entendu le ronflement des **dragons** chargés de le garder. »

[GANACHAUD Léo, *Souvenirs et espoirs d'un paysan charentais*,1946.]
Le Four des Fades : Ambérac : canton de St-Amant-de-Boixe (Charente).

ÊTRES FANTASTIQUES SANS NOMS

« Le petit David racontait que tous les matins, en se rendant à la métairie des Granges, où il réparait des crèches dans les écuries, il trouvait les bœufs détachés, et voyait **une bête fantastique** s'enfuyant à la crête du côteau. Cette bête avait une tête d'homme et un corps de cheval, et elle semblait s'élever dans les nuages, sûrement, ajoutait-il, c'est le diable. »

[GANACHAUD Léo, *Souvenirs et espoirs d'un paysan charentais*,1946.]
Ambérac (ou à proximité) : canton de St-Amant-de-Boixe (Charente).

« Une vieille femme, la mère Aunont, nous racontait qu'un soir elle avait été acostée par **une bête étrange**, aux yeux de feu, dont la tête était celle d'un âne et le corps comme celui d'un veau.

"Elle s'approcha de moi, disait-elle, en ripant sur son ventre, et me lichit *[lèchat]* la main ". »

[GANACHAUD Léo, *Souvenirs et espoirs d'un paysan charentais*,1946.]
Ambérac (ou à proximité) : canton de St-Amant-de-Boixe (Charente).

« Dans les îles marécageuses de la Gironde, il y a **des oiseaux** qui ne peuvent vivre que par couples, car chacun n'a qu'une patte et une aile. Ils se mettent à deux pour voler et, si on en abat un, l'autre est très facile à prendre. »

[COLLE Robert et LAHETJUZAN Henri, *L'Humour en Aunis et Sainton.*, 1978.]
Iles de la Gironde (sûrement Gironde Saintongeaise).

LÉS FADES / LES FÉES / LES BONNES

(nom charentais / nom français / nom charentais francisé)

« **Fade** » : « Fée . »

[MUSSET Georges, *Glossaire*, 1929-1948.]
(Il cite en source lui-même, PELLISSON et DOUBLET.)
Charentes : lieux non précisés.

« Les saintongeais croient fermement à l'existence des **fées**. On les voit errer la nuit dans les campagnes, au clair de la lune ; elles sont ordinairement au nombre de trois. Les bonnes gens de village les ont vues souvent assises en groupes auprès de quelques fontaines solitaires, filant leur quenouille, et vêtues de robes d'une éclatante blancheur, particulièrement sur les bords de la Charente, près des grottes de la Roche Courbon, de Saint Savinien, des Arciveaux, etc.»

« Les fées sont au nombre de trois comme les mères, les parques, etc. ; on les dépeint souvent tenant le fuseau et la quenouille, d'où leur est venu le nom de filandières, parmi le peuple de Saintonge ;

elles sont vieilles comme elles, et jettent aussi des sorts, on leur donne le nom de **bonnes** *[...]* .»

[CHAUDRUC DE CRAZANNES, *Antiquités de la ville de Saintes et du département de la Charente. Inférieure,* 1820.]
St-Savinien, La Roche-Courbon : commune de St-Porchaire, Les Arciveaux : commune de Saintes, (Charente-Maritime).

---

1. « Non loin de Pougné, creusée dans le coteau du Nord-ouest, se trouve la Grotte des **Fades**, où se réunissaient les **Fées** des environs, pour préparer leurs poisons. La supérieure avait une longue baguette d'ivoire, avec laquelle elle commmandait à l'Argent-Or (nom d'un ruisseau local), ou de se répandre sur les prés, ou de tarir immédiatement. »

2. « A 500 mètres de Pougné, sur la route de Nanteuil-en-Vallée, se trouve une autre grotte des **fades**, où les **fées** donnaient leurs festins. »

[FAVRAUD A., *Quelques légendes et anciennes pratiques de la Ch.,* 1913.]
(Ces informations lui ont été transmises par M. Bertrand, instituteur.)
Pougné : com. rattachée à Nanteuil-en-Vallée : canton de Ruffec (Charente).

« Il existe sur le territoire de la commune d'Antezant, dans une terre appartenant à M. de Bonnegens des Hermitants, et à quelques mètres seulement du chemin de grande communication de Chizé à Saint-Jean-D'Angély, une pierre qui paraît être un monument druidique et qui est désignée dans la pays sous le nom de La Grosse Pierre. Elle est enterrée profondément, de sorte qu'il est difficile d'en apprécier le volume. Les habitants du pays disent qu'elle a été déposée là par une **fée**, et qu'elle cache l'entrée d'un souterrain qui renferme un trésor. A une époque très reculée, le propriétaire du champ, voulant s'emparer du trésor caché dans le souterrain, réunit un grand nombre de travailleurs armés de pelles, de pioches et de leviers; puis, après avoir fait dégarnir la pierre jusqu'à sa base, y fit atteler douze paires de bœufs. Mais au premier coup de collier que ces animaux donnèrent, un orage épouvantable éclata, accompagné de ténèbres, de pluie et de grêle. Les hommes se sauvèrent comme ils purent, mais tous les bœufs périrent. Le propriétaire effrayé, fit solennellement le vœu de ne jamais chercher à faire enlever cette pierre, et fit faire le même vœu à ses enfants avec recommandation d'exiger la même chose de leurs descendants, de sorte que la pierre occupe toujours la même place. »

[BARIL, *La Grosse pierre d'Antezant*, dans : *Bulletin des travaux historiques et scientifiques de St-Jean-D'Angély*, 1863.]
Antezant-la-chapelle : canton de St-Jean-D'Angély (Charente-Maritime).

« La pluie nous surprit par une averse des plus fortes *[..]*. Une maisonnette isolée, placée sur le bord du sentier, nous servit de retraite. La propriétaire était une vieille femme courbée par l'âge *[...]*. *[...]* lorsque nous lui demandâmes ce qu'elle pensait du Fanal d'Ébéon : "Bah ! dit-elle, ce sont les **fades** qui se sont amusées à bâtir ce monceau de pierre dans une nuit".»

[LESSON, *Lettres hist., arch. et litt. sur la Saintonge et sur l'Aunis*, 1842.]
Ébéon : com. d'Authon-Ebéon : canton de St-Hilaire (Char.-Mar.).

« Le moulin de Saint-Marmé *[...]* est associé au souvenir d'une **fée** bâtisseuse de terriers *[...]*. Elle prit au moulin de Saint-Marmé (près de Torxé et à quelques kilomètres de Puyroland) la terre de la Motte de Brignay érigée sur le bord de la voie pré-romaine de Taillebourg à Tonnay-Boutonne. »

[LAMONTELLERIE A., *Carte mythologique de la France : dép. de la Ch.-Mar.*, dans *BSMF*, 1956-1958.] (Elle cite en source M. CLOUET.)
Moulin de St-Marmé et Motte de Brignay : communes ? (Char.-Mar.).

« *[...]* à Bagnolet, au pays de Cognac, *[...]* une méchante **fée** mécontente des bateliers qui refusaient de lui payer tribut détacha de la falaise située au confluent du Solençon et de la Charente le "Gros Roc" qu'elle se proposait de jeter à la rivière en un endroit où il aurait bloqué la navigation, mais une bonne fée sauva les bateliers de la ruine. Avec ses ciseaux d'or elle trancha les galons du tablier dans lequel allait être transporté le rocher qui tomba sur le sol là où on le voit aujourd'hui. Furieuse la méchante fée se précipita dans la rivière où elle se noya. »

[CADET Albertine, *Le souvenir des fées en Angoumois et en Saintonge*, dans : *Aguiaine, revue de la SEFCO*, tome 2, 3e liv., 1965.]
(Ceci lui a été communiqué par M. A.D. ORIGENE en 1955.)
Bagnolet : commune ? (Charente).

« Il y a quelques années, je me suis avancé à l'entrée du couloir des grottes de La Roche-Courbon ; mais ne sachant où m'adresser pour obtenir l'autorisation de visiter (un écriteau en défend expressément l'accès !) et nullement outillé pour une excursion dans l'ombre, je me suis contenté d'admirer le site ravissant de l'étang formé devant les antiques refuges, par le ruisseau de l'Épine. Alors une jeune femme m'a conté très gracieusement la légende de la fée et des ombres de La Roche : une fille du seigneur aurait accordé son amour à un berger ; les deux amoureux se rencontraient sous les voûtes préhistoriques ; pour les punir, la **fée** les précipita dans les eaux qui baignent le routin. Dès lors on voit quelquefois leurs âmes errer sur ces bords humides et solitaires !... »

[DUPLAIS DES TOUCHES A., *Les Grottes de La Roche Courbon*, dans : *Revue de la Saintonge et de l'Aunis*, 1896, p. 306.]
La Roche-Courbon : com. de St-Porchaire (Charente-Maritime).

« Ce sont aussi des **fées** sous forme humaine qui avaient établi leur demeure dans les bois de la Faye-d'Épannes, entre Marsais et Saint-Félix, où s'élevaient, il y a quelques trente années, deux beaux dolmens aujourd'hui détruits.

Ces fées, au contraire de quelques autres, jouissaient d'une détestable réputation, et le seul moyen d'échapper à leurs embûches, quand on s'engageait, la nuit, dans les bois où elles faisait leur demeure, était d'user de conjurations magiques. ».

[MUSSET Georges, *La Charente-Inférieure avant l'h. et dans la l.*, 1885.]
La Faye d'Épannes : Marsais : canton de Surgères (Charente-Maritime).

« N'avez-vous jamais remarqué, dans les prairies arrosées de la Saintonge, ces grands cercles d'un vert sombre, où l'herbe foisonne, épaisse et drue, encadrée d'une pelouse jaunâtre et plus languissante? Eh bien, ces cercles sont pour nos villageois les cercles de la **fée**, le siège de la fée. Là une gracieuse vierge, au pâle visage, est venue se reposer *[...]*. Déjà cette croyance ne vous est plus racontée qu'avec le doute de l'ironie *[...]*. »

[LESSON, *Lettres hist., arch. et litt. sur la Saintonge et sur l'Aunis*, 1842.]
Charente-Maritime : Lieux non précisés.

---

*Outre la « Grotte des Fades » à Pougné et le « Trou-aux-Fades » à Saint-Gourson, plusieurs autres toponymes ont conservé le souvenir des « **Fades** » ou « **Fées** » : le « Four des Fades » à Ambérac, la « Fontaine des Fées » à St-Yriex, le « Terrier de la Fade» à Courcoury et à Anglade, le « Château des fées » nom des ruines gallo-romaines du Bois des Bouchauds à St-Cybardeaux, le « Creux des Fades » à Villognon, le «Roc des Fades » à Fontenille, la « Grotte des Fées » à Magnery près d'Aunac, le « Château de la Fade » à Villexavier...*

Fontenille, Vilognon et Aunac : canton de Mansle, Ambérac : canton de St-Amant-de-Boixe, St-Yriex / Charente : canton du Gond-Pontouvre, St-Cybardeaux : canton de Rouillac, (Charente), Villexavier : canton de Jonzac, Courcoury : canton de Saintes sud, (Char.-Mar.), Anglade : canton de St-Ciers-sur-Gironde (Gironde saintongeaise).

---

*Pour les **fades** ou **fées** de St-Gourson, voir le paragraphe d'Avril de la Vergnée, à « Fadets ».*

LÉS FADETS (masc.) / LÉS FADETTES (fém.) / LES FARFADETS

(nom charentais (masc.) / nom charentais (fém.) / nom français)

« Les **fadets**, fidèles à leurs vieilles demeures comme à leurs vieilles amitiés, se sont installés dans cette grotte *[la grotte des fadets]* de temps immémorial, bien avant que le couvent de Montlieu qu'elle regarde presque en face ne fut couvent *[...]*. Qu'il vous suffise d'apprendre pour l'instant que ces fadets pleins d'adresse et de serviabilité sont à peine hauts de deux pieds; qu'ils sont presque toujours de bonne humeur, excepté avec les insolents; qu'ils indiquent par des taches rouges ou grises sur les parois des carrières commencées par l'ouvrier, la direction dans laquelle le tireur de cailloux doit faire son taille pour trouver le gravier dont il a besoin; qu'ils veillent sur les charbonneries quand le sommeil accable l'ouvrier fatigué de ses veilles prolongées; qu'ils aiment la politesse et les égards et que plus d'un malotru s'est mordu les doigts jusqu'au sang pour avoir manqué de respect aux gnômes ordinairement pleins de bienveillance. Ces esprits sont ou masculin sous le nom de **fadets** et tiennent la place de génies bienfaisants, ou féminins sous le nom de **fadettes** et remplacent les bonnes fées des contes de Perrault, c'est en souvenir de la bénigne puissance de ces êtres mystérieux qu'on donne souvent le petit surnom d'amitié Fadet ou Fadette, suivant le sexe, aux animaux domestiques favoris et choyés dans plus d'une maison. »

[MONGIS Théophile (l'abbé), *À travers genêts et bruyères*, 1894.]
La Grotte des Fadets : Montlieu-la-Garde (Charente-Maritime).

« C'était le temps où *[...]* les anciens racontaient ce qu'ils tenaient de leurs pères, de leurs voisins, ou plus rarement ce qu'ils croyaient avoir vu eux-mêmes. *[...]* celui-là se plaignait des **fadets** qui avaient mis le trouble dans son écurie ou bouleversé les légumes de sa motte; *[...]*. »

[MUSSET Georges, *La Charente-Inférieure avant l'h. et dans la l.*, 1885.]
(MUSSET semble séparer les fadets des lutins : voir à lutin.)
Charente-Maritime : Lieux non précisés.

« Les lutins, **fadets** ou **farfadets** étaient de petits esprits plus folâtres que méchants. Ils jouaient une foule de tours à ceux auxquels ils s'attachaient un instant. Ils cachaient l'outil du travailleur, les béquilles ou le bâton des impotents, faisaient perdre les broches et les aiguilles des ouvrières, cassaient leur fil ou leur laine, brouillaient leurs écheveaux, défaisaient leurs tricots, etc., etc., et quelquefois tourmentaient les malades contre lesquels ils avaient une dent... »

[NOGUÈS J.-L.-M., *Les Mœurs d'Autrfois en Aunis et Saintonge*, 1891.]
(NOGUÈS semble assimiler les fadets aux lutins : voir à lutin.)
Charente-Maritime : Lieux non précisés.

« Alexandre Bertrand rapporte, dans la Religion des Gaulois (1897), le fait suivant, qu'il tient d'une correspondante originaire de Saintonge : les jeunes gens qui se sont laissé brûler en sautant au milieu du feu de la saint Jean deviennent l'objet de la "poursuite des **fadets**" et souvent – ce qui est particulièrement grave – "se voient abandonnés par leurs fiancées". »

[GELIN Henri, *Au temps passé à travers Poitou et Charentes*, 1922-1924.]
Charentes : Lieux non précisés.

« Les prairies d'Aussac *[(brochure de 1913), sic : en fait Aunac (brochure de 1894-98)]* et de Bayers, canton de Mansle, sont entourées de coteaux renfermant des grottes nombreuses. C'est dans l'une d'elles, la Grotte du Cluzeau, dite aussi le Trou-des-**Fadets**, qu'il y a cinquante ans se réfugiaient les **Fées malignes**, qui venaient rendre visite aux lavandières attardées l'hiver, aux nombreuses fontaines qui coulent de ces coteaux. La croyance populaire veut que cette grotte communique au Puits d'Anguinlais, dans la commune de Saint-Front. »

[FAVRAUD A., *Quelques légendes et anciennes pratiques de la Ch.*, 1913. Id. , *Folklore de l'Angoumois*, 1894-98.]
(Il cite en source : M. Lamiand, instituteur à Aunac.)
Aunac et Bayers : canton de Mansle (Charente).

« Il y avait autrefois, dans le pays, des grottes habitées par de **petits hommes, velus**, qui ne sortaient que la nuit. On ne les voyait jamais pendant le jour ; et ils étaient ennemis de la population de la plaine.

Un habitant du pays alla faire boire ses bœufs à la fontaine qui sortait du rocher et siffla pour les exciter à boire. Un des troglodytes, croyant qu'on le narguait, lui dit : "T'as d'la chance d'avoir tes bœufs !" Au même instant, les bœufs prirent peur, se sauvèrent et arrivèrent tout en nage à l'écurie. Les habitants du hameau vinrent alors en foule à la grotte et cherchèrent querelle aux troglodytes. Une lutte eut lieu, dans laquelle un de ces derniers fut blessé; il cria alors à ses compagnons : "Je suis blessé; mais souvenez-vous de la vertu de l'herbe de la verveine ! "

Une autre version dit : "De l'herbe de la palenne" (Raconté par M. Ph. Ramonet, de Ruelle). Une troisième version dit : "Il y avait autrefois les **singes des grottes** ou **farfadets**". »

[FAVRAUD A., *Quelques légendes et anciennes pratiques de la Ch.*, 1913.]
Charente : lieux non précisés.

« Près du village de Puyrifaud, commune de Saint-Gourson, canton de Ruffec (Charente), sur les flancs d'un petit coteau appelé l'Essart, incliné du nord au sud, se trouvent quelques blocs calcaires, qui laissent entre eux d'étroites ouvertures, connues sous le nom de Trou-aux-Fades. Suivant les légendes locales, les Fades ou Fées en gardent l'entrée et retiennent à de merveilleuses profondeurs **un peuple de sauvages**, condamnés à forger sans relâche des métaux éternellement résistants, et à ne quitter ses ateliers ténébreux qu'une seule fois chaque année, par une nuit sombre de l'hiver, au bruit des mugissements du vent et de la pluie. »

[DE LA VERGNÉE Avril, *Extrait d'une notice sur une découverte de Monnaies poitevines au nom de Charles de Melle*, dans : *Bulletin de la Société des Antiquaires de l'ouest*, 1852 (bulletin de 1850).]
St-Gourson : canton de Ruffec (Charente).

« La chambre d'un dolmen que recouvrait le tumulus de la Boixe avait été, d'après la tradition, la demeure de **personnages petits et velus**, mais prodigieusement forts, qui avaient apporté sur leur tête les énormes blocs qui en forment les parois et la toiture.»

[SEBILLOT Paul, *Le Folklore de France*,1904-1906.]
Tumulus de la Boixe : Lequel? Il y en a un au Maine-de-Boixe et plusieurs à Vervant : canton de Saint-Amand-de-Boixe (Charente).

« *[...]* la tour *[la tour de l'Isleau]* était hantée par des **fadets**. Chaque jour, la nuit venue, deux fadets se laissaient glisser dans la haute cheminée et se livraient à divers jeux autour des flammes du foyer. Les habitants du lieu étaient accoutumés à la présence et aux facéties de ces mystérieux personnages et s'en accomodaient tant bien que mal.

Leur divertissement favori consistait à carillonner au moyen de pelle, pincettes et landiers (un mini-orchestre de percussions, en quelque sorte). L'un s'emparait de la pelle, l'autre des pincettes, et dreun-dreun... drinn-drinn...

Or il advint ceci : à force de fréquenter les lieux, nos fadets s'avisèrent que la demoiselle de céans devenait de soir en soir plus jolie, plus avenante, plus gracieuse et plus sage... et ils en tombèrent amoureux, comme je vous le dis... Le concert se fit plus animé, plus bruyant, les agaceries, les familiarités plus insistantes. Enfin, les deux visiteurs pressèrent la jeune fille de faire choix de l'un d'eux pour époux. Je vous laisse à penser si ces démonstrations importunaient la jouvencelle et inquiétaient ses nobles parents. D'aucuns croient savoir que des promesses liaient déjà la damoiselle à un beau chevalier... Les chercheurs nous apporteront peut-être un jour quelque lumière sur ce point. Quoi qu'il en soit, voilà une famille bien ennuyée. Que faire, Seigneur ? Que faire ?

On envoya des émissaires aux quatre coins du pays en vue d'y recueillir auprès des sages avis et conseils. Des recettes ils en reçurent, Dieu sait ! La formule "Y'a qu'a" ne date pas d'aujourd'hui... On leur recommanda surtout de veiller à ne pas manifester une hostilité ouverte à des hôtes devenus indésirables, de crainte de provoquer leur colère et d'attirer sur les gens du château une cruelle vengeance.

À la fin, voici ce qu'ils firent : Ils accumulèrent dans la vaste cheminée des sarments, des fagots de brande et d'ajonc, des bûches de chêne et, tout au milieu, dissimulées dans le tas de bois, ils disposèrent pelle et pincettes... Une journée entière, on souffla, on attisa, on activa le feu. Pour tout dire, on ne fit que cela... Quand vint la nuit, il y avait dans l'âtre un amas de braises rougeoyantes, dégageant une ardeur insoutenable. Les fadets se précipitèrent, saisirent les pelle et pincettes chauffées à blanc, mais ils les relâchèrent vivement en poussant de grands cris et, prompts comme l'éclair, disparurent dans la cheminée.

Plus jamais on ne les revit.»

[GEORGET Armand, *La Légende des fadets amoureux*, dans *: Aguiaine, revue de la SEFCO*, tome 8, 2e liv., mars-avril 1979.]
(Sa source est son grand-père, Philippe FOURNEL, né en 1885 à l'Isleau.)
L'Isleau : com. de St-Sulpice-d'Arnoult : canton de St-Porchaire (Char.-Mar.).

« *[Au Guâ]* Le dernier **farfadet** se plaignait chaque soir à la dernière fileuse en regrettant les belles veillées d'autrefois. La fileuse s'ennuyait de ces jérémiades et remit à son mari le soin de la débarasser de l'importun. Le mari, dissimulé sous la cape de son épouse, prit du "fourouille bourouille" au lieu du "felin melin" qu'elle filait chaque soir. Il fit rougir le trépied et attendit. Quand le farfadet sans méfiance vint s'asseoir, il fut si cruellement brûlé qu'il se sauva en hurlant et ne revint jamais. »

[LAMONTELLERIE Aurore,*Carte mythologique de la France : départ. de la Char.-Mar.*, dans : *BSMF*, XXVI, 1957, p. 55.]
Le Guâ : canton de Marennes (Charente-Maritime).

Plusieurs toponymes ont gardé la mémoire des ***Fadets*** *: le «Trou aux Fadets» et la « Grotte aux Fadets » à Montlieu-la-Garde, le «Pré des Fadets» à Saint-Palais-de-Négrignac, « Les Fadets » à Corme-Ecluse, le « Moulin des Fadets » à Saint-André-de-Lidon, la « Motte à Fadet » au Dolus-d'Oléron, le « Creux des Fadets » à Moutonneau, la « Croix des Fadets » à Mainxe, et peut-être la « Faderie » au Bouchage.*

Moutonneau : canton de Mansle, Mainxe : canton de Segonzac, Le Bouchage : seule commune poitevine-saintongeaise du canton de Champagne-Mouton, (Charente), Montlieu-la-Garde,St-Palais-de-Négrignac : canton de Montlieu-la Garde,Corme-Ecluse : canton de Saujon, St-André-de-Lidon : canton de Gémozac, Dolus-d'Oléron : île d'Oléron, (Char.-Mar.).

LA FÉE MATE

« Dans la petite île de Courcouri, ou Courcori, formée par la Charente et la Seugue, *[...]* on voit un autre de ces tumuli, nommé le Terrier de la **Fade**, ou de la fée.

On raconte dans le pays qu'une **Fée** qui habitait cette île, et qui s'appelait **Mate**, ayant laissé tomber dans la Seugue son fils qu'elle allaitait, et l'en ayant retiré mort, se mit en devoir de l'enterrer : à cet effet, elle remplit son tablier de graviers, et les jetta sur le corps de son nourrisson : cet amas de terre forma le terrier ou tertre de Courcori, et l'on montre, à quelque distance de la motte, la place où la fée en prit les matériaux; c'est une cavité large et profonde. »

[CHAUDRUC DE CRAZANNES, *Antiquités de la ville de Saintes et du dép. de la Charente Inférieure*, 1820.] (Seugue = Seugne.)
Courcoury : canton de Saintes sud (Charente-Maritime).

« Une **fée**, qui s'appelait **Mate**, laissa tomber dans une partie de la Seugne, appelée la Fosse argentée, son enfant qu'elle allaitait, mais malgré son pouvoir elle ne put l'en retirer que mort. Désolée de sa perte et voulant punir la fosse d'avoir retenu son plus cher trésor, elle fut recueillir de la terre dans l'endroit appelé Fosse à Gerbeau, en remplit son tablier, mais au moment d'atteindre la fosse Argentée, les cordons de son tablier se brisèrent et toute la terre tomba en un tas qui forma le Peu appelé depuis de la **Fade**. Or, on remarque en effet à la Fosse à Gerbeau une concavité profonde dans la terre, analogue à l'éminence ou à la convexité du tumulus.»

[LESSON, *Ère celtique de la Saintonge*, 1847.]
Courcoury : canton de Saintes sud (Charente-Maritime).

« Le terrier de la Fade est le sujet de deux légendes. L'auteur, M. Jeanjean, les raconte. L'une attribue à ce tumulus une origine romaine. "Après un combat, chaque soldat aurait empli de terre son casque et en aurait versé le contenu sur le corps des chefs morts." L'autre légende dit "qu'une **fée (fade)** avait deux beaux enfants jouant au bord d'une fontaine; tout-à-coup, l'eau s'ouvrit pour les engloutir. Dans son désespoir, elle résolut de combler la fontaine maudite." Suit la légende en patois saintongeais. On montre encore l'enfoncement du sol où fut prise la terre du tumulus, et, dans une direction opposée, la Fosse Argentine, dont il est question dans la légende et qui devait être comblée par la fée. La Fosse argentine "tributaire d'un bras de la Seugne, nous paraît mériter son nom, non à cause des parcelles d'argent qu'elle renferme, mais en raison de sa surface simulant un miroir d'argent".»

[*Recueil de la commission des arts et monuments historiques de la Charente-Maritime*; tome 5, 1878-1881, page 55.] (Compte rendu d'un article « *Le Terrier de la Fade* », paru dans le *Bulletin de la Société Linnéenne*, 3e année, t.1, 3e trim., p. 110, publié par E. Lemarié à St-Jean-d'Angély.)
Courcoury : canton de Saintes sud (Charente-Maritime).

LÉS FANTOUMES / LES FANTÔMES

(nom charentais / nom français)

« **Fantoûme** » : « Fantôme.»

[JÔNAIN P., *Dictionnaire du patois saintongeais*, 1869.]
Charentes : lieux non précisés.

« Le dolmen de La Jarne, commune de Saint-Rogatien, a, lui, plusieurs légendes. *[...]* Voici *[...]* celle que nous tenons de personnes sérieuses et dont le récit nous a été confirmé tout récemment par M. Boutard, le secrétaire de la société d'agriculture de La Rochelle : "Un habitant de Clavette avait vu à plusieurs reprises, en longeant le soir le chemin du dolmen, sortir du monument des apparitions de diverses sortes; c'était un jour un mouton, un autre jour un chien blanc, tel autre encore une ombre. Il n'était pas toutefois le seul témoin de ces apparitions. D'autres individus avaient eu occasion de les constater. A plusieurs reprises, au milieu de la nuit, il avait entendu ses rideaux grincer sur leurs vergettes de fer et la terreur l'avait paralysé; un jour, cependant, il eut le courage de demander à celui qui agissait ainsi, ce qu'il voulait de lui. Un **fantôme** lui apparut alors qui lui dit que son corps gisait depuis de longues années sous la pierre-levée, et que son âme ne serait délivrée du purgatoire qu'à la suite d'une messe dite à Saint-Nicolas de la Rochelle après une procession qui, partant de Clavette, irait passer devant la pierre. L'habitant de Clavette, après avoir consulté son curé, consentit à faire au spectre la faveur de répondre à son désir. La procession et la messe eurent lieu en grande solennité, et à la fin de la messe, notre Aunisien aperçut une colombe qui prenait son vol vers les voûtes de l'église et qui disparut".»

[MUSSET Georges, *La Charente-Inférieure avant l'h. et dans la l.*, 1885.]
St-Rogatien : Canton de La Jarrie (Charente-Maritime).

« La motte à Fadet. A encore la réputation d'un lieu hanté par les **fantômes**.»

[MUSSET Georges, *La Charente-Inférieure avant l'h. et dans la l.*, 1885.]
Dolus-d'Oléron : île d'Oléron (Charente-Maritime).

LES FEUX-FOLLETS (sortes de)

« Quand ils voyagent de nuit, s 'ils voient des **feux follets**, ils supposent que c'est l'âme d'un de leurs parens *[parents]*, qui se trouve en peine. Plus dévots, avant la révolution, ils faisaient dire des messes; aujourd'hui ils se contentent de faire le signe de la croix et de réciter une prière : l'ame *[âme]* satisfaite disparaît.»

[GAUTIER A.-M., *Statistique du dép. de la Charente-Inférieure*, 1839.]
Charente-Maritime : Lieux non précisés.

«Nous avons à propos du Moulin de la Pierre, commune de Saint-Vivien, raconté une légende où la bigourne joue le principal rôle. Le même lieu est célèbre pour ses apparitions. Bien souvent les personnes qui revenaient de Saint-Vivien, par le vieux chemin du Pontreau, étaient accompagnées depuis Saint-Vivien, disaient-elles, par **des sortes de feux-follets** qui voltigeaient dans les ornières et, tournaient toujours au pas du Moulin de la Pierre pour y disparaître, tandis que les chiens du moulin aboyaient à la lune. »

[MUSSET Georges, *La Charente-Inférieure avant l'h. et dans la l.*, 1885.]
St-Vivien : canton de La Jarrie (Charente-Maritime).

LÉS FILANDIÈRES

(nom charentais)

*Les « **Filandières** » : autres nom de fées en Charente-Maritime, voir le paragraphe de Chaudruc de Crazannes, à la rubrique « Les Fades / Les Fées ».*

«Ce canton isolé de la Saintonge *[canton nord de Saintes]* a conservé religieusement les traditions des ancêtres. Les femmes y croient encore aux **filandières**, sortes de fées qui se rencontrent aux croisières des chemins ruraux, *[...].* »

[LESSON, *Fastes hist., arch., biogr., etc. du dép. de la Char.-Inf.*, 1842.]
Canton nord de Saintes (Charente-Maritime).

LÉS FOIS

(nom charentais)

« Tout près du bourg d'Ars-en-Ré s'élèvent, couvertes de pins, des dunes de sable *[...]*. C'est dans ces dunes, sur ces sommets sablonneux, qu'on nomme là-bas les Peux ou Puys, (c'est le même mot) de la Combe-à-l'eau, qu'ont résidé jadis ceux qu'on nommait les **Fois**. Ces Fois, petits hommes minuscules n'étaient autres que des lutins.

[...] il y a encore une trentaine d'années, on croyait, et l'on croit bien à Ars-en-Ré à l'existence des Fois de la Courbe *[Combe]*-à-l'Eau. Tout naturellement leur règne ne pouvait commencer qu'avec la nuit.

[...] On ne se servait que de chandelle de résine, de rousine comme on dit en patois, *[...]*. On n'a pas besoin de dire qu'avec pareil éclairage il ne manquait pas de coins dans la pièce où, dans l'obscurité troublée par quelques rayons fugaces de lumière, on croyait voir sautiller les lutins, le grand tuyau de la cheminée où s'engouffrait le vent de mer faisant le murmure plaintif des Fois. C'est par le tuyau de la cheminée en effet qu'ils étaient censés descendre. *[...]* les Fois descendaient dans l'âtre, se mettaient à cheval sur les dossiers des chaises pour souffler dans l'oreille des femmes, leur refrain habituel.

File, file, reine d'Ivouille,
File ta quenouille !
Ce n'est pas comme la belle d'hier soir,
La belle d'Arthée
Qui a filé sept fusées avant d'aller se
coucher.

[...] Les Fois ne se contentaient point d'ailleurs de parler aux femmes; ils allaient aussi aux oreilles des hommes chanter une autre chanson. La voici, mais elle est relativement explicable.

Tu veux que ta femme file,
Elle a la trop-file.

En effet voici l'explication que l'on m'a donnée. Les Fois faisaient allusion à une histoire assez drôle qui fut jadis la fable du bourg; une paysanne, tant soit peu paresseuse, et que son mari forçait à filer beaucoup, résolut de le tromper bel et bien. Elle prétendit que filer constamment était très malsain, et qu'elle sentait venir une maladie, qu'elle savait bien ce que c'était, qu'on lui en avait parlé souvent, que c'était la trop-file. Aussitôt elle se mit au lit, et s'attacha au flanc une pire de mouton (un poumon de mouton); son mari fut épouvanté à la vue de cette horrible maladie toute nouvelle pour lui, et la femme ayant obtenu de ne plus filer, la maladie disparut bien vite. Mais les Fois avaient connu la chose, et s'en allaient chaque soir corner leur refrain aux oreilles des maris trop confiants en ce que leur disaient leurs femmes. On voit donc que les Fois n'étaient point méchants; ils étaient seulement malins et malicieux.

D'ailleurs leur rôle ne se bornait point là. Ils avaient la réputation de répéter tout ce qu'on disait devant eux. Ils allaient partout divulguer les secrets surpris, contant les amourettes. Aussi quand les paysannes voulaient, autour du feu, se raconter quelque petit cancan, quelque petite histoire du bourg, se rapprochaient-elles toutes et se parlaient-elles à voix basse, après avoir jeté autour d'elles un regard inquiet, pour voir si les Fois n'étaient point là à les épier.

[...] On prétendait que ce qui prouvait bien que les Fois avaient habité le pays et spécialement les Peux de la Combe-à-l'Eau, c'est qu'on trouvait et qu'on trouve encore en creusant profondément le sable des dunes, des restes d'habitations, des pierres calcinées ayant fait partie sans doute de tuyaux de cheminées, enfin même des débris de batterie de cuisine. *[...]* sur plusieurs points *[...]* la côte *[...]* s'est recouverte *[...]* d'un cordon littoral qui *[...]* a envahi une large bande de terrain, recouvrant, ensevelissant et conservant *[...]* des restes d'habitations que durent abandonner leurs habitants devant la marche irrésistible des sables. Aujourd'hui que les dunes sont plantées, elles sont aussi arrêtées; mais quand on les laboure profondément on retrouve les restes des

villages qui y sont enfouis restes où l'on a voulu voir des souvenirs des Fois.»

[BELLET Daniel, *Les Fois de l'Ile de Ré*, dans : *Revue des traditions populaires*, tome V, 1890, 1890.]
Ars-en-Ré : île de Ré (Charente-Maritime).

---

*Un toponyme a conservé la mémoire des « **Fois** » : La « Combe des Fois » à Saint-Clément-des-Baleines.*

St-Clément-des-Baleines : île de Ré (Charente-Maritime).

FONCILLON

(nom charentais)

« Voici la substance de cette légende empruntée à la complainte rimée par P. Jônain. Il y avait à Royan une belle jeune fille que son habileté à couper le blé avec la faucille avait fait surnommer **Foncillon**. Fuyant un jour à reculons un moissonneur qui la poursuivait de ses assiduités, elle tomba dans la conche qui depuis a conservé son nom, et se noya.»

[MUSSET Georges, *La Charente-Inférieure avant l'h. et dans la l.*, 1885.]
Royan (Charente-maritime.)

LA GALIPODE

(nom charentais)

Un toponyme a gardé la mémoire de ce qui semble bien être un animal fantastique de la famille des « Galipotes » : « Les Galipaudes» à Benon.

Benon : canton de Courçon (Charente-Maritime).

LE GALIPOT / LA GALIPOTE

(noms charentais)

« **Galipotte** » : « Ganipote (voir ce mot). »

[MUSSET Georges, *Glossaire*, 1929-1948.]
(Il cite en source Burgaud des Marets, dont le parler est celui des environs de Jarnac (Charente).)

*Un toponyme a gardé la mémoire de la « **Galipote** » : « La Galipote » à Saint-Georges-de-Cubillac, et un autre toponyme a conservé la mémoire de ce qui pourrait bien être le « **Galipot** » : « Les Galipeaux » à Saint-Savinien.*

St-Georges-de-Cubillac : com. de St-Georges-Antignac : canton de St-Genis , St-Savinien, (Char.-Mar.).

LA GALOUPE

(nom charentais)

« **La Galoupe** » : « La galipote, ganipote. À l'île de Ré, c'est le nom donné aux gâs qui se promenaient, la nuit, enveloppés de draps pour faire croire aux revenants. Les femmes en faisaient autant, en s'enveloppant de rideaux de lit, généralement de serge verte, ce qui les faisait appeler "les dames vertes ". »

[MUSSET Georges, *Glossaire*, 1929-1948.] Ile de Ré (Charente-Maritime).

LE GANIPOT / LA GANIPOTE

(noms charentais)

« **Ganipot** *[masculin]*, **Ganipote** *[féminin]* : homme ou femme que le Gabay suppose se changer tous les soirs en bête invulnérable et insaisissable; courir toute la nuit, et sauter sur les épaules de ceux qu'il rencontre *[pour lutter avec eux]** : "Courir la ganipote.", "Dans thelle famille i courant tous la ganipote.". »

[BELLOUMEAU, *Manuscrit*, 1863.] (*passage difficilement lisible)
Parler des environs de Laruscade: Canton de St-Savin (Gironde saintongeaise).

« **Ganipote** » : « La male-bête, l'objet des craintes superstitieuses de toutes nos campagnes. Ce sont, dit-on, des sorciers qui se changent, la nuit, en chien blanc *[...]* et courent le pays pour faire peur et pour faire mal. Ce qu'il y a de déplorable, c'est que des gens d'ailleurs sensés et instruits, des bourgeois, des monsieurs, victimes quelques fois d'une hallucination panique ou bachique, vous affirmeront de bonne foi avoir senti la ganipote leur sauter sur les épaules. C'est très lourd et ça ne lâche prise que lorsqu'on entre dans une maison. »

[JÔNAIN P., *Dictionnaire du patois saintongeais*, 1869.]
Charentes : lieux non précisés.

« **Ganipote** » : « Sorcier qui se change la nuit en chien blanc, et court les campagnes. »

[EVEILLE M.A., *Glossaire saintongeais*, 1887.]
Charentes : lieux non précisés.

Il doit s'agir de cet animal fantastique dont parle Jônain, sans le nommer, dans ce paragraphe destiné à illustrer l'emploi du pronom neutre « o » : «Qui de nous ne se souvient d'avoir frissonné, comme Ézéchiel, lorsque dans les récits de la veillée, le terrible "o" revenait comme une indéfinissable vision. O paraissoit de loin, tout bllanc, tout capit, avec des œils qu'o trelusoit c'me des chandèles; ol approchit trejhou's, trejhou's, de râlette, et v'là que tout d'in cot o li sautit sus les épales; i' zou apportit jhusques dans son fougher. »

[JONAIN P., *Dictionnaire du patois saintongeais*, 1869.]
Charentes : lieux non précisés.

« La Preuille et le Chiron, commune du Thou *[...]* sont de l'Aunis les villages où, d'après la tradition populaire, les bigournes et les **ganipotes** ont laissé le plus de souvenirs. *[...]* C'est encore à ces parages que se rapporte l'histoire suivante :

Une ganipote avait pris l'habitude de fréquenter une maison isolée. Pour l'amadouer les gens du lieu lui construisirent une balançoire dans un grand chai. Quand la bête venait, elle s'asseyait sur la balançoire et les paysans de s'atteler tous à la corde, en chantant pour se donner du cœur :

Ah ! Guinguelimbette
Ah ! Guinguelimbé.

Mais les paysans se lassèrent, et un jour au lieu d'attacher la corde à l'escarpolette, ils la fixèrent au cou de la bête qu'ils étranglèrent. »

[MUSSET Georges, *La Charente-Inférieure avant l'h. et dans la l.*, 1885.]
Le Thou : canton d'Aigrefeuille-d'Aunis (Charente-Maritime).

« Vers 1885, un vigneron de Saint-Thomas-de-Cosnac *[Conac]* rentrait chez lui à la nuit close. *[...]* Comme il s'engageait sur « le pont de la pierre », une **ganipote** surgit à ses côtés et lui pris le bras. Très effrayé, il cria : "Lâche-moi! Que me veux-tu? Lâche-moi !" *[...]* Toujours l'homme criait et toujours la bête se cramponnait plus fort. Pourtant à l'approche des maisons, elle dessera son étreinte et se changea en agneau bêlant, puis il n'y eut plus bientôt sur la route qu'un tout petit enfant qui s'éloignait en pleurant. »

[LAMONTELLERIE A., *Bigournes et ganipotes*, dans : B.S.M.F., IV, 1950.]
St-Thomas-de-Conac : canton de Mirambeau (Char.-Mar.).

«Il y eut aussi à cette époque *[au début du siècle]* (c'est ma trisaïeule qui le conta à ma mère), un soir où la nuit était particulièrement noire, un homme du Petit-Breuil qui revenait de Saint-Jean-d'Angély vers Saint-Pardoult. Une "**ganipote**" lui sauta sur le dos. Il dut, fourbu et mourant de peur, porter cette bête velue jusqu'à la fontaine des Veuves. Il en eut tant chaud et peur que jamais il ne put se refaire ; il demeura languissant et maladif, et en mourut. On nommait sa femme la "Digueda". Cette grand-mère était assez censée pour ne pas croire que c'était une bête; et puis, c'était visible que ces bêtes, en principe, ne sautaient que sur les poltrons; les autres, les costauds, elles ne s'y "frottaient" point. Il était facile d'en déduire que c'était des petits malins qui, pour ne pas se fatiguer, trouvaient bien commode de se faire porter. On trouva dans un four une peau de ces bêtes : peau de chèvre, bouc ou loup, qui sait ? Cela existait, il est sûr... il doit y avoir longtemps.»

[VERNEUIL Alice, *La Circulation routière au début du siècle*, dans : *Aguiaine, revue de la SEFCO*, tome 10, 1er liv., Janv.-Fév. 1976.]
Région de St-Jean-d'Angély (Charente-Maritime).

«À Brie-sous-Chalais, si les cérémonies du baptême n'étaient pas exactement observées, l'enfant serait loup-garou ou **ganipote**.»

[FAVRAUD A., *Folklore de l'Angoumois*, 1894-98;]
Brie-sous-Chalais : com. de Brie-Bardenac : canton de Chalais (Charente).

« La Font Murée près de Boresse et Martron aurait été un lieu de Sabbat et de rendez-vous des **Ganipotes**.»

[LEPROUX Marc, *Médecine, Magie et sorcellerie*, 1954.]
Boresse-et-Martron : canton de Montguyon (Charente-Maritime).

On trouve trace de cet animal fantastique dès le début du 18e siècle :

1. « Je ne seux ja in lout ni ine **ganipote**. »
[= Je ne suis pas un loup ni une « ganipote ».]
2. « Y seux fet quasiment quem'ine ganipote. »
[= Je suis presque comme une « ganipote ».]

[1. *Dialogue Piaret-Jacquet*, 1725, 2. *Dialogue Jacquet-Margot*, 1737; manuscrits publiés en 1970 par J. DUGUET dans : *Le Manuscrit de Pons*.]
Parler de la région de Marennes-La Tremblade (Charente-Maritime).

À l'heure actuelle la signification exacte de « ***ganipote*** *» semble bien souvent oubliée. On se souvient le plus souvent de farces faites relativement récemment par des personnes déguisées soi-disant en ganipote (avec un drap blanc par exemple) dans le but d'effrayer des gens. Mais le mot « ganipote » demeure tout de même inscrit dans la mémoire des habitants des Charentes* (régions de Royan, de Saintes, de Montguyon...) et de Gironde Saintongeaise (région de Coutras et de Saint-Ciers-sur-Gironde). A Montguyon on me signale en outre un verbe, « ganipoter », signifiant « courir la ganipote ».*

Aux environs de Saint-Ciers-sur-Gironde on me raconte l'histoire d'un enfant qui, lors de la guerre de 1939-1945, fut déguisé en « ganipote » (avec un drap blanc). On lui avait demandé d'aller accrocher au sommet d'un arbre une citrouille évidée garnie d'une bougie (la même que celle d'Halloween !), ceci afin de faire une farce aux allemands...

[NOWAK Eric, enquêtes auprès de plusieurs informateurs, dont Mme Claudine BASTISSE pour les environs de St-Ciers-sur-Gironde (Gironde saintongeaise : 1999), et deux anonymes, l'un pour Montguyon (Charente-Maritime : 1998), l'autre pour Les Peintures (canton de Coutras : Gironde saintongeaise : 1998).]
* Sauf, semble t-il, du nord-Charente : voir à Loups-Garous.

Plusieurs toponymes ont gardé la mémoire de la « ***Ganipote*** *» : « La Ganipote » à Saint-Palais-sur-*

Mer, « La Ganipote » à Saint-Bonnet-sur-Gironde, et le « Chemin de la Ganipotte » à Aytré

St-Palais /Mer : canton de Royan-ouest St-Bonnet-sur-Gironde : canton de Mirambeau, Aytré : 6e canton de La Rochelle, (Char.-Mar.).

GARGANTIAN / GARGANTUA

(nom charentais / nom français)

« Dolus : *[...]* La Parée. Deux mégalithes : le premier a 2 m de longueur sur 1m 50 de largeur. "Une tradition prétend que toute entreprise qui tendrait à le détruire serait la cause d'un grand malheur." L'autre est nommé dans le pays **le palet de Gargantua**. Il a la forme d'un disque, mesure 13 mètres de tour et 0m 50 d'épaisseur. »

« Saint-Denis : *[...]* Mégalithe nommé **le Palet de Gargantua** indiqué dans cette commune par M. Reau, instituteur à Saint-Georges. »

« Saint-Pierre-d'Oleron : *[...]* Un monument mégalithique nommé **la Galoche de Gargantua**, haut de 1m 50 , s'élève entre Saint-pierre et Dolus, sur la lisière du chemin, proche de Pinturbat. D'après M. Reau, instituteur à Saint-Georges, on donnerait aussi à ce mégalithique le nom de **Fourchette de Gargantua**. À peu de distance de là, entre Saint-Gilles et Chéray, s'élève un second monument nommé **la Cuiller de Gargantua**, rappelant par la forme de la pierre brute, et simulant l'ustensile dont le vulgaire lui a consacré le nom. Il a 1m 50 de longueur; il est creusé de 0m 73 sur 0m 20. »

[MUSSET Georges, *La Charente-Inférieure avant l'h. et dans la l.*, 1885.]
St-Denis-d'Ol., St-Georges-d'Ol., Dolus-d'Ol. : île d'Oléron (Char.-Mar.).

« Signalons encore un souvenir de **Gargantua** : la colline de Pinsonneau qui domine les vallées du

Lary et du Mouzon et qui serait le produit de la boue tombée en cet endroit des bottes du Géant.»

[MUSSET Georges, *La Charente-Inférieure avant l'h. et dans la l.*, 1885.]
Colline de Pinsonneau : St-Martin-d'Ary : canton de Montguyon (Char.-Mar.).

« *[...]* son berceau *[le berceau de **Gargantua**]* subsiste à Sainte-Ramée, le long d'un chemin vicinal à quelque distance de la route Mirambeau-Royan. C'est une petite combe, perpendiculaire à une combe beaucoup plus importante qui dévale en pente douce jusqu'au ruisseau, face au village de Chez Guillet.»

[LAMONTELLERIE Aurore, *Carte mythologique de la France : départ. de la Char.-Mar.*, dans : *BSMF*, XXVII, 1957, p. 64.] (Cette information lui a été transmise par Melle Drahonnet, directrice de l'école de St-Ciers-du-Taillon.)
St-Ciers-du-Taillon : canton de Mirambeau (Charente-maritime).

« **Gargantian** » : « Gargantua. »

[MUSSET Georges, *Glossaire*, 1929-1948.] (Il cite en source PELLISSON.)
Charentes : Lieux non précisés.

LA FEMME DE GARGANTUA

« M. l'abbé Rainguet me transmet au sujet du terrier de Beaumont, la note suivante. " *[...]* La tradition populaire attribue il est vrai le terrier de Beaumont à **la femme de Gargantua** qui aurait voulu construire un pont sur la Gironde et dont les cordons du tablier se seraient rompus en cet endroit *[...]* ".»

[LESSON, *Ère celtique de la Saintonge*, 1847.]
St-Fort-sur-Gironde : canton de St-Genis-de-Saintonge (Charente-maritime).

« La terre que **la femme de Gargantua** fit tomber à Beaumont avant d'atteindre la Gironde qu'elle voulait obstruer, a été prise à la Rounière (Saint-Ciers-du-Taillon). »

[LAMONTELLERIE Aurore, *Carte mythologique de la Charente-Maritime*, dans : *BSMF*, XXVI, 1957.]
St-Fort-sur-Gironde : canton de St-Genis-de-Saintonge, St-Ciers-du-Taillon : canton de Mirambeau, (Charente-maritime).

LA MÈRE DE GARGANTUA

«Quant à **la mère du géant** *[Gargantua]*, elle amusait son "petit drôle" avec des "pilots" de terre qu'elle déposait ici ou là. »

[LAMONTELLERIE Aurore, *Carte mythologique de la France : dép. de la Char.-Mar.*, dans : *B.S.M.F.*, XXVI, 1957.]
Charente-Maritime : lieux non précisés : sud du département ?

LES GÉANTS

« Nous retrouvons à Etaules des personnages analogues : un vaste tumulus inexploré auquel les gens du pays donnent le nom d'île des **Géants** *[...]*, et auquel ils attachent une idée de sépulture des temps les plus reculés. »

[MUSSET Georges, *La Charente-Inférieure avant l'h. et dans la l.*, 1885.]
Étaules : canton de La Tremblade (Charente-Maritime).

LA MÈRE GIGOGNE

« C'était le temps où *[...]* les anciens racontaient ce qu'ils tenaient de leurs pères, de leurs voisins, ou plus rarement ce qu'ils croyaient avoir vu eux-mêmes. C'était la légende de Mélusine, *[...]* la fécondité légendaire de **la mère Gigogne**, *[...]*. »

[MUSSET Georges, *La Charente-Inférieure avant l'h. et dans la l.*, 1885.]
(Véritable être fantastique ou simple personnage de conte ?)
Étaules : canton de La Tremblade (Charente-Maritime).

LE GOUÈSSE / LE GOUÈSE / LE PÈSTE / LE VILAIN

(noms charentais)

« **Le gouesse** » : 1. « Le diable . » 2. « «Que le gouesse t'emporte » = que le diable t'emporte. »

[MUSSET Georges, *Glossaire*, 1929-1948.] (Il cite en source Rainguet pour le 1, et Vigen pour le 2.) Charentes : Lieux non précisés.

« Diable » : « Diabe, **le Vilain**, **le Gouësse**, **le Gouëze**, **le Peste**. »

[BELLOUMEAU, *Manuscrit*, 1863.]
Parler des environs de Laruscade: Canton de St-Savin (Gironde saintongeaise).

LE PETIT JÉSUS

Quand le tonnerre gronde on dit parfois aux enfants : « Le petit Jésus remue ses barriques.»

[NOWAK Eric, enquête en 1998 auprès de Mme GRAVELLE Nicole, pour St-Ciers-sur-Gironde (Gironde saintongeaise).]
(Ce dire me semble n'être qu'une adaptation relativement récente, et destinée aux enfants, du proverbe traditionnel relatif au diable.)

LE LANLÈRE

(nom charentais)

« **Lanlère** : oiseau imaginaire. "Je sais un nid de lanlère où les petits couant la mère". »

[MUSSET Georges, *Glossaire*, 1929-1948.] (Il cite en source PELLISSON.)
Charentes : lieux non précisés.

« Le nic de **lanlères**. On demande à un camarade : Queneus-tu in nic de lanlères - Voure les p'tits couant la mère ? Il n'a jamais vu de nid de lanlère, car le lanlère n'existe pas, et n'a jamais existé que dans l'imagination des petits polissons. On va lui en montrer un tout de même. On le conduit devant une bouse de vache, c'est le nid de lanlères où s'agitent les petits, les asticots. Et c'est assez pour rire un bon moment. »

[DOUSSINET R., *Les travaux et les jeux en vieille Saintonge*, 1967.]
Charentes, lieux non précisés.

LÉS LETINS / LÉS LUTINS

(noms charentais)

« **Leûtin** » : « Lutin. »

[MUSSET Georges, *Glossaire*, 1929-1948.] (Il cite en source PELLISSON.)
Charentes : Lieux non précisés.

« **Lutin** » : « Animal fantastique qui prend soin des chevaux et emmèle leur crinière. »

[BELLOUMEAU, *Manuscrit*, 1863.]
Parler des environs de Laruscade: Canton de St-Savin (Gironde saintongeaise).

« C'était le temps où *[...]* les anciens racontaient ce qu'ils tenaient de leurs pères, de leurs voisins, ou plus rarement ce qu'ils croyaient avoir vu eux-mêmes. *[...]* telle jeune fille racontait que **les lutins** lui avaient joué un méchant tour en nouant, la nuit, sa longue chevelure; *[...]*. »

[MUSSET Georges, *La Charente-Inférieure avant l'h. et dans la l.*, 1885.]
Charentes : lieux non précisés.

« Voyez-vous ce malade, qui ne cesse de se veurluter (volutare) sur son lit, sans pouvoir trouver une minute de repos? Le moëlleux de sa couchette, qui faisait jadis ses délices, lui est devenu tout à coup insupportable... Il s'y forme des bourrelets qui l'incommodent d'abord et qui finissent par le blesser : il n'y peut plus tenir !...

Allez-vous, naïfs que vous êtes, en attribuer la cause, à son agitation incessante ? "point ça, non !" vous dira-t-on dans plus d'un recoin de la Saintonge, c'est l'œuvre du lutin[1] ! Et quelque maléficieux n'est pas pour rien dans cette maladie qui n'est pas naturelle. Pour y porter remède, ouvrez vite la coîte, le traversin, l'oreiller ; recueillez avec soin toutes les cocardes[2] faites par le follet et hâtez-vous d'aller à jeun et avant le jour, les brûler, le lendemain matin, à la croisée des quatre chemins. Cela fait, le malade devra se trouver plus calme, sinon le cas est des plus graves ! *[...]*. »

[NOGUÈS J.-L.-M., *Les Mœurs d'autrefois en Aunis et Saintonge*, 1891.]
Charente-Maritime : Lieux non précisés.
(Notes de l'auteur : 1. « Petit esprit follet qui a plus de malice que de méchanceté. » 2. « agglomérations de plumes ou bourrelets qui se forment naturellement sous le malade en raison de ses évolutions continuelles. »)

« *[On disait]* pour affirmer sa bonne foi : *[...]* Que **le lutin** m'atrape et m'engoule tout cru ! Que le lutin m'attrape et m'avale tout cru ! ». »

[DOUSSINET R., *Les travaux et les jeux en vieille Saintonge*, 1967.]
Charentes : Lieux non précisés.

LA LOUBINOTE

(nom charentais)

« Dans le Pays-Bas cognaçais, on chasse aussi **la loubinote** qui, elle, glisse sur l'eau des fossés et des ruisseaux.

On avait persuadé un apprenti forgeron, aussi fort coume il était sot, que la bête était attirée par le fer. Le voici parti, une nuit d'hiver, avec un sac de ferraille sur le dos. Bouillant de chaud, ruisselant de sueur, il s'arrête sur le pont convenu, se couche à plat ventre et se prépare à saisir la loubinote par les oreilles... les rabatteurs qui l'attendaient le saisissent par les pieds et le précipitent dans l'eau glacée. »

[DOUSSINET R., *Les travaux et les jeux en vieille Saintonge*, 1967.]
Bréville: canton de Cognac-nord (Charente).

LE LOUBRON

(nom charentais)

« **Loubron** » : 1. « animal fantaisiste. »
2. « Loup -garou. »

[MUSSET Georges, *Glossaire*, 1929-1948.] (Pour le 1 il cite en source PELLISSON, le 2 est dans les « suppléments » au glossaire.)
Charentes : Lieux non précisés.

LES LOUPS-GAROUS

« Mais l'animal le plus curieux et celui qui joue un très-grand rôle dans nos campagnes, c'est **le Loup-garou** : certains individus sont forcés, au temps de la pleine lune, de se transformer en cette espèce de bête diabolique. Le mal les prend toujours la nuit; lorsqu'ils en sentent les approches, ils s'agitent, sortent de leur lit, sautent par la fenêtre et vont se précipiter dans une fontaine ou dans un puits, d'où ils sortent quelques instants après, revêtus d'une peau blanche ou noire que le diable leur a donné. dans cet état ils marchent très-bien à quatre pattes, passent la nuit à courir les champs et à hurler dans chaque village qu'ils traversent. À l'approche du jour, ils reviennent à la fontaine, y déposent leur enveloppe et rentrent chez eux, où ils tombent souvent malade de fatigue.»

[GAUTIER M.-A., *Statistiques du départ. de la Charente-Inférieure*, 1839.]
(Si Gautier, comme Noguès ensuite, utilise le mot français « loup-garou », ceci n'est pas à prendre pour autant comme une attestation d'un éventuel usage, à l'époque, du mot « loup-garou » dans le parler local de la Charente-Maritime. Gautier s'en sert vraisemblablement simplement pour traduire le terme local « ganipote (voir ce mot).)
Charente-Maritime : Lieux non précisés.

« Au moment de la pleine lune, il s'offrait un autre danger. C'est alors que **les loups-garous** -dont le nom signifie qu'il faut s'en garer- se montraient et répandaient la terreur de tous côtés. C'étaient ni plus ni moins que des sorciers, que le diable transformait en bêtes furieuses. Le mal les prenait toujours la nuit. Dès qu'ils en sentaient les premières atteintes, ils s'agitaient comme des énergumènes, sautaient du lit et s'élançaient par la fenêtre pour aller se précipiter dans une fontaine ou dans un puits, d'où ils sortaient bientôt revêtus d'une peau de bête. Ils avaient une grande geule, des yeux étincelants, de grandes dents crochues. Ils marchaient à quatre pattes et passaient la nuit à courir les champs en poussant des hurlements effroyables. Ceux qui les entendaient n'eussent voulu, pour un empire, mettre la tête à la fenêtre, de peur d'avoir le cou tordu. Pour les forcer à changer de forme *[...]* il n'y avait qu'un seul moyen : c'était de leur ajuster un bon coup de fourche entre les deux yeux. Mais qui eût jamais osé tenter l'aventure ?

Les loups-garous avaient un goût passionné pour la chair fraîche *[...]*. Ils étranglaient les chiens, les petits enfants et quelquefois les grandes filles, qu'ils croquaient avec autant de plaisir que d'appétit. C'était plus qu'il n'en fallait pour faire reculer plus d'un brave. Maintes fois on fit contre eux usage d'armes à feu; mais leur peau avait une dureté telle, que les balles ricochaient sans l'entamer, à moins toutefois qu'elles n'aient été bénites à certaines heures mystérieuses de la nuit et dans une chapelle dédiée à saint Hubert. Mais la cérémonie de la bénédiction de ces balles était d'un accomplissement extrêmement difficile. »

[NOGUÈS J.-L.-M., *Les Mœurs d'autrefois en Aunis et Saintonge*, 1891.]
(Attention, Noguès semble s'être parfois laissé aller à enrichir son étude d'éléments dont la localisation en Aunis et Saintonge serait à vérifier...)
Charente-Maritime : lieux non précisés.

---

*Dans le nord de la Charente il semble que le mot « **loup-garou** » remplace « ganipote » et « galipote ».*

Ainsi, les deux attestations de loups-garous présentes à l'article « sorciers et/ou chats et/ou loups-garous (sabbat des) » concernent le nord-Charente : canton de Villefagnan (à La Magdeleine), et canton de Saint-Amand-de Boixe (à Ambérac).

C'est encore dans ce secteur (Ruffécois et alentours) qu'on me parle de loups-garous (et pas de « ganipotes » ni de « galipotes ») : à Bioussac (canton de Ruffec), à Paizay-Naudoin (canton de Villefagnan), à Pleuville et au Bouchage (seules communes poitevines-saintongeaises des cantons de Confolens-nord et de Champagne-Mouton). »

[NOWAK Eric, enquête auprès de quatre informateurs anonymes, l'un pour Pleuville (1998), l'un pour Le Bouchage (1998), l'un pour Bioussac (1998), l'un pour Paizay-Naudoin (1999).]

LA MALEBÊTE

(nom charentais)

« **Male Bête** » : « La ganipote, le loup-garou, le Je ne sais quoi des pauvres ignorants et peureux. »

[JONAIN P., *Dictionnaire du patois saintongeais*, 1869.]
Charentes : Lieux non précisés.

« **Male-Bête** » : 1. « Animal malfaisant. »
2. « Loup-garou. »

[MUSSET Georges, *Glossaire*, 1929-1948.]
Charentes : Lieux non précisés

LE MARDI-GRAS

« **Mardis-Gras**, mannequin costumé et masqué qu'on promène sur une civière le jour du Mardi-Gras. Les gamins chantent en l'accompagnant :

Mardi-Gras est à la porte / Qui demande des crêpes mortes; / S'il y en a, il en aura; / S'il n'y en a pas, il s'en passera.

A La Rochelle, le Mercredi des Cendres, on va jeter solennellement à la mer ou brûler sur le rivage le mardi-gras, après l'avoir préalablement déshabillé. »

[MEYER L.-E., *Glossaire de l'Aunis*, Niort, Clouzot, 1870.]
La Rochelle, et d'une manière générale Aunis, (Charente-Maritime).

LE MARTUGO

(nom charentais)

« A l'Ouest du bourg de Saint-Fraigne, dans un pré, se trouve une fontaine, nommée le Puits de la Saline. On dit communément : "Quand on fauche le pré de la Saline, si on coupe du **martugo**, le foin se mouillera". Personne ne connaît le martugo; mais les enfants ont appris le dicton de leurs parents, qui n'en savaient pas davantage. »

[FAVRAUD A., *Quelques légendes et anciennes pratiques de la Ch.*, 1913.]
Saint-Fraigne : canton d'Aigre (Charente).

LA MASCOUETTE

(nom charentais)

« **Mascouette** » : « sorte de revenant. »

[MUSSET Georges, *Glossaire,* 1929-1948.] Aunis (Charente-Maritime).

LA MAIN DE GAURE / LA MAIN DE GOULE / LA POULETTE

(noms charentais)

« A Moutonneau, on désigne sous le nom de **Main de Gaure**, **Main de Goule**, un être fabuleux, qui procure à son maître de grandes richesses. C'est un serpent, représentant le Diable, que l'on met sur la table et que l'on dépose ensuite dans une boîte. Le soir, on place dans la boîte une pièce d'or et le lendemain on en trouve deux.

Toutes les personnes qui s'enrichissent passent pour avoir la Main de Gaure. On lui donne quelquefois le nom de **Poulette**.

Quand le propriétaire de la Main de Gaure vient à mourir, un de ses enfants en hérite ; mais, si personne ne la réclame, elle se place sur le cercueil et part à la recherche d'un nouveau maître. Pour s'en emparer, il faut étendre devant elle une serviette blanche ou un simple mouchoir ; elle vient s'y rouler et on l'emporte.

Certains vieux paysans racontent qu'après la mort d'un richard on entendit crier prendant plusieurs jours : "Qui veut avoir une main de gaure sera heureux en ce monde et malheureux en l'autre !" Au bout de quelques jours, la bête avait trouvé un nouveau maître. »

[FAVRAUD A., *Quelques légendes et anciennes pratiques de la Ch.*, 1913.]
(Ceci lui a été transmis par M. Rousselot, instituteur à Moutonneau.)
Moutonneau : canton de Mansle (Charente).

LA MÉRLUSINE / MÉLUSINE

(nom charentais / nom français)

« C'est à **Mélusine** que la tradition attribue la construction du dolmen de La Jarne. Voici la légende telle qu'elle s'est conservée et telle que nous l'avons déjà publiée : "Aux soirées d'hiver, les vieilles gens du pays d'Aunis racontent qu'il y a de cela bien longtemps, par une nuit de tempête, la fée Mélusine, cette création si populaire de nos contrées, cette grande redresseuse des torts et des injustices, vint demander l'hospitalité au seigneur de Châtelaillon. La tempête soufflait en rafales sur le sommet du promontoire dont la mer battait les flancs ; sous les traits d'une vieille femme, la fée grelottait aux atteintes de la tempête et du froid pénétrant de l'embrun. Les châtelains furent impitoyables, toutes les portes se fermèrent.

Aussi, reprenant sa première forme, Mélusine se redresse en face de la cité inhospitalière et lui annonce au milieu des éclats de l'ouragan, qui ne justifiait que sa trop sinistre prédiction, que Châtelaillon s'en irait pierre par pierre sous les coups de l'océan, et qu'il périrait tous les jours d'un sou et d'un denier.

Les vieilles gens ajoutent que, pendant bien longtemps, on vit la fée revenir aux mêmes lieux ; elle emportait dans les plis de sa robe (sa dorne) les pierres du vieux castrum pour élever la magnifique abbatiale de Maillezais. Un jour, cependant la charge était trop lourde, et une pierre tombée du tablier de la fée est restée près de La Jarne, faisant, sous le nom de Pierre Levée, l'étonnement des populations". »

[MUSSET Georges, *La Charente-Inférieure avant l'h. et dans la l.*, 1885.]
La Pierre levée = dolmen de La Jarne, commune de St-Rogatien : canton de La Jarrie, Chatelaillon-plage, (Charente-Maritime).

« C'est encore **Mélusine** qui a construit la tour de La Rochelle à laquelle elle a laissé son nom, la tour Mélusine ou Saint-Nicolas. »

[MUSSET Georges, *La Charente-Inférieure avant l'h. et dans la l.*, 1885.]
La Rochelle (Charente-maritime).

---

*Un toponyme a conservé la mémoire de **« La Mérlusine »** : « La Merlusine » au Thou.*

Le Thou : canton d'Aigrefeuille-d'Aunis (Charente-maritime).

LE MITARD / LA MITOUARDE / LA MISTOUARDE

(noms charentais)

*Le « Daru » (voir ce mot ainsi qu'entre autres « aloufe » et « bitard ») est connu sous d'autres noms. Ainsi il est appelé « **Mitouarde** » en Charente, dans le canton de Villefagnan (à Montjean, à Londigny, à Paizay-Naudoin), « **Mistouarde** » en Charente, dans le canton d'Aigre (à Verdille); et « **Mitard** » en Charente-Maritime, dans le canton d'Archiac (à Neuillac) et dans celui d'Aulnay-de-Saintonge (à Saint-Mandé-sur-Brédoire).*

[FRANCE Moïse, *La Mistourde*, dans : *Le Subiet*, 1970 (Verdille).]
[NOWAK Eric, enquêtes auprès de : Mme TURPIN Henriette : Neuillac (1998), Mme GENEAU pour St-Mandé-sur-Brédoire (1998), Mr OUVRARD Michel pour Montjean (1999), et deux anonymes pour Londigny (1999) et Paizay-Naudoin (1999).]
(REZEAU Pierre dans son *Diction. des régionalismes de l'Ouest*, (1984) signale aussi « Mitouarde » en Charente-Maritime, mais sans préciser les lieux.)

LA MITOUARDE (sens 2) / LA BIGOURNE (sens 3)

(noms charentais)

«La **mitouarde** (cognaçais) ou **bigourne** (Aunis) » : « C'est une citrouille, ou une betterave rouge évidée et sculptée en forme de visage humain. Deux trous ronds figurent les yeux, une fente horizontale découpée dessine la bouche et les dents. La nuit venue, on y introduit une bougie allumée et on la place sur le rebord d'une fenêtre ou sur un mur, le long du chemin. Les femmes ne manquent pas de hurler à la vue de cette tête monstrueuse rougeoyant dans l'obscurité.»

[DOUSSINET R., *Les travaux et les jeux en vieille Saintonge*, 1967.]
Cognaçais (Charente), Aunis (Charente-Maritime).

MUSARD

(nom charentais)

«*[...]* aller dans l'ouche à **Musard** » : « être conduit au cimetière; l'ouche à Musard, de muser, est le clos où l'on s'attarde longtemps.»

[DOUSSINET R., *Le Paysan saintongeais « dans ses bots »*, 1963.]
(Il cite en source : COUSIN, *Histoire de Cognac, Jarnac, Segonzac*, 1882.)

LE PIQUE-TALON

(nom charentais)

« **Pique-talon** : oiseau imaginaire (ironique). "In nid de pique-talon", c'est-à-dire un nid qu'on envoie quelqu'un dénicher dans un arbre pour lui piquer les talons avec la pointe d'un aiguillon. »

[MUSSET Georges, *Glossaire*, 1929-1948.] (Il cite en source PELLISSON.)
Charentes : Lieux non précisés.

« **Le pictalon** est un oiseau rare qui dissimule son nid avec un art infini. On invite un naïf à aller le dénicher. Il quitte ses sabots et grimpe dans l'arbre. Il cherche longtemps; enfin découragé, sinon désabusé, il se prépare à redescendre. Il a compté sans ses camarades qui sont là et l'immobilisent dans l'arbre une petite heure en visant ses talons avec un aiguillon. De là l'expression "dénicher in nic de pictalons", de pique-talons. »

[DOUSSINET R., *Les travaux et les jeux en vieille Saintonge*, 1967.]
Charentes, lieux non précisés.

LA POULE NÈGRE / LA POULE NOIRE

(nom charentais / nom français)

« **Poule-négre** » : « C'est le diable changé en poule aux œufs d'or, au moyen d'un pacte où le chrétien signe de son sang l'abandon de son âme. Le fameux livre le Petit Albert, si ce n'est le grand, donne pour cela des formules infaillibles.»

[JONAIN P., *Dictionnaire du patois saintongeais*, 1869.]
Charentes : lieux non précisés.

« Ces hommes simples et crédules sont persuadés qu'ils peuvent faire pacte avec le diable pour acquérir des richesses, et qu'on le fait paraître à volonté sous la forme d'un chien, d'un chat, d'une chèvre et sous une infinité d'autres figures. On fait les évocations dans un lieu écarté, au point de réunion de plusieurs chemins, au moins de quatre ; on les préfère s'ils communiquent entre eux par des routes fort creuses. Ces sortes de localités sont remarquables par les idées superstieuses que le peuple y attache ; on les désigne sous le nom de Carrefours.

Pour obtenir tout l'argent qu'on désire, il faut, sans regarder derrière soi, se rendre, à minuit, au carrefour, portant sous le bras gauche une poule noire, et crier trois fois : mon ami, Poule noire à vendre ! L'ami paraît aussitôt (le diable), et si vous avez assez d'assurance pour supporter sa vue, vous faites pacte avec lui, et il vous enrichit de ses dons.

Mais si ceux qui ont contacté une pareille alliance sont connus, on ne leur achète rien, on n'aime pas non plus à leur vendre ; on les évite, car si, par malheur, ils vous touchaient, ils vous donneraient un sort dont eux seuls auraient le pouvoir de vous guérir, en les payant fort cher. Si vous les rencontrez lorsque vous allez vendre ou acheter, vous faites un mauvais marché ; et si, au moment où vous semez ou plantez, ils viennent à passer, qu'ils vous regardent où conversent avec vous, toutes vos précautions sont inutiles, vos semences ne naissent pas, votre arbre meurt ou ne produit rien.»

[GAUTIER A.-M., *Statistique du départ. de la Charente-Inférieure*, 1839.]
Charente-Maritime : lieux non précisés.

« Faire un pacte avec le diable pour en tirer mille dons et surtout richesses, l'évoquer à volonté sous la forme d'un chien, d'un chat, d'un bouc, d'une chèvre, etc., était une chose aussi généralement crue qu'elle paraissait facile à exécuter. On pouvait le faire venir n'importe où en se servant du grimoire ; ceux qui avaient beaucoup de rousseurs avaient, dit-on, la chance de réussir bien plus vite que les autres ; toutefois, comme il y avait quelque danger d'être découvert, on préférait se rendre sous les coups de minuit, à la croisée de quatre chemins creux. Pendant le trajet, il ne fallait point tourner la tête derrière soi ; on portait **une poule noire** sous le bras gauche. Arrivé au but, on criait trois fois : “Mon ami, poule noire à vendre!” L’ami – Satan, en personne, s’il vous plaît ! – se montrait alors et mugissait ou clapissait selon la forme qu’il prenait : “Que veux-tu ?” On s’expliquait, si l’on en avait le courage, et l’on dressait un acte qu’il était obligatoire de signer de son sang. La teneur de cet acte était qu’on se donnait corps et âme à lui, moyennant quoi on obtenait toutes sortes d’avantages, sans oublier celui de pouvoir devenir riche, riche et richissime.

A cet effet, Satan touchait la poule noire et lui donnait la vertu de pondre de l’or et de l’argent. Le maître seul de la maison devait nourrir cette poule. Elle devait être soustraite à tous les regards et logée dans la partie la plus haute et la moins fréquentée de la maison. Si le soir, il lui faisait couver une somme quelconque, le lendemain, la somme avait augmenté de moitié. Aussi, quand on voyait un ami ou un voisin bien réussir dans ses affaires et prospérer dans ses biens, il était passé en proverbe de dire : “Il a la poule noire”. Et le proverbe est encore en usage.

Si le maître de la maison venait à mourir, la poule enchantée prenait la clé des champs, de son chef, instinctivement. Elle rôdait quelque temps autour de la maison en chantant : “Qui me prendra ? Qui me prendra ?...” un beau matin elle cessait de paraître : quelqu’un avait su la loger... Le tout était donc de comprendre son jargon.»

[NOGUES J.-L.-M., *Les Mœurs d’Autrefois en Aunis et Saintonge*, 1891.]
Charente-Maritime : lieux non précisés.

---

1. «... c’est encore une **poule noire** qui rôde dans la nuit à la recherche d’un nouveau maître, elle s’offre et promet : Qui m’eume m’arat. Poét d’arghent moufinerat. Qui m’aime m’aura. Point d’argent ne manquera. »

2. « ... d'un voisin qui s'enrichit rapidement et ne manque pas de faire des envieux *[on dit]* : Il a la **poule nègre** ! » .»

[DOUSSINET R., *Les Travaux et les jeux en vieille Saintonge*, 1967.]
2. (et 1. ?) : Bréville : canton de Cognac-nord (Charente).

---

*La « **poule nègre** » est un être fantastique que son propriétaire doit envelopper dans un linge blanc. Carnivore, elle pond des œufs d'or, assurant la prospérité de son possesseur, à la condition que celui-ci lui donne de la viande tous les jours. Si ce dernier manque à son devoir alors la Poule Nègre l'obligera à faire ce qu'elle lui commandera. On raconte que du temps du grand-père de Marius Gagnère, au hameau de La Billauderie, commune de la Magdeleine, un dénommé « Bois-sec » , qui un jour avait oublié de donner de la viande à sa Poule Nègre, fut ainsi contraint par elle de couper son pénis, ce qui causa sa mort deux jours après.*

[D'après : GAGNÈRE Marius, *Avant que le temps ne l'emporte...*, 1987.]
La Magdeleine : canton de Villefagnan (Charente).

RANPONAU / LE RANPONAU / LE PÈRE RANPONAU

(noms charentais)

*Cet être fantastique est invoqué pour dissuader les enfants de faire telle ou telle chose. Les informateurs hésitent entre plusieurs noms, mais il m'a semblé qu'on trouve plutôt (à vérifier) : « **Ranponau** » en Charente-Maritime, dans le canton de Saint-Jean-d'Angély (à Saint-Denis-du-Pin), « **Le Pére Ranponau** » en Charente-Maritime, dans le canton de Matha (à Matha même), et dans le canton de Mirambeau (à Saint-Thomas-de-Conac), « **Le Ranponau** » en Charente-Maritime, dans le canton de*

St-Genis-de-Saintonge (à Clion), dans le canton d'Aulnay-de-Saintonge (à Saint-Mandé-sur-Brédoire), dans celui de Montguyon (à Montguyon même), ainsi qu'en Gironde saintongeaise, dans le canton de Coutras (aux Peintures).

[Renseignements fournis oralement à Eric NOWAK en 1998 par : Mme FORTIN pour Matha, Mme LAMY pour St-Denis-du-Pin, Melle COULON Marie-Noëlle pour St-Thomas-de-Conac, Mme TURPIN Henriette pour Clion, Mme GENEAU pour St-Mandé-sur-Brédoire, et deux informateurs anonymes, l'un pour Montguyon et l'autre pour pour Les Peintures.]

LES REVINS / LES REVENANTS

(nom charentais / nom français)

« **Revin** : Revenant ; âme en peine . "Ol a cougné trois cot ! m'en doute qu'ol est un revin; s'ol étet ma défînte mère tchi serét en peine, i li feris dire ine messe" = On a frappé trois coups ! c'est peut-être un revenant. Si c'était ma défunte mère, qui réclame des prières, je lui ferais dire une messe. »

[MUSSET Georges, *Glossaire*, 1929-1948.] (Il tire la citation de DOUBLET.)
Charentes : lieux non précisés.

« Angoulins a son histoire de **revenants**. Bien souvent dans la profondeur des nuits, surtout les nuits d'orage, des hauteurs des Chiratz (cimetière et station), des moines silencieux, des fidèles plus silencieux encore descendent en glissant vers les profondeurs insondables de la mer, appelés à un office nocturne par le son d'une cloche mystérieuse, peut-être celle du vieux Châtelaillon, que les pêcheurs disent avoir vue dans les temps calmes, sur les rochers, au travers de la limpidité des eaux. »

[MUSSET Georges, *La Charente-Inférieure avant l'h. et dans la l.*, 1885.]
Angoulins : 6e canton de La Rochelle (Charente-Maritime).

« *[...]* les anciens disaient que si deux amoureux venaient à la fontaine et buvaient dans le même vase au même instant, **l'ombre des morts** sortait de sa retraite, rapprochait la tête des deux amoureux et les rendait pour toujours fidèles. »

[LAMONTELLERIE Aurore,*Carte mythologique de la France : dép. de la Charente-Mar.*, dans : *BSMF*, 1956, p. 15-16.]
(Elle cite en source l'étude de M. GUILBAUD : *Burie et sa région*. Mais *La légende de la fontaine de Burie*, écrite par Georges BELLUTEAU, fut publiée à Saintes en 1900. La partie « légende historique », très littérarisée, non reproduite ici, mais reprise par Lamontellerie, est critiquée dans le tome XXI du *Bulletin de la Soc. des arch. histor., revue de la Saintonge et de l'Aunis.*)
Burie (Charente-Maritime).

« Un homme était devenu riche, en arrachant les bornes qui séparaient ses terres de celles de ses voisins et en ajoutant une partie de leur héritage au sien. Après sa mort, l'entrée au paradis lui fut interdite et il fut condamné à errer sous terre et à remettre les bornes en place. On l'entend quelquefois crier sous le sol : "Voure les mettrai-zy ? Voure les mettrai-z-y ?". » *[Traduction : Où les metterai-je ? Où les metterai-je?]*

[FAVRAUD A., *Quelques légendes et anciennes pratiques de la Ch.,* 1913.]
Canton d'Aigre (Charente).

Un toponyme a gardé la mémoire des **revenants** *: le « Moulin de la Motte » ou « des Revenants », à Clavette.*

Clavette : Canton de La Jarrie (Charente-Maritime).

RÔ

« Rô était un être fantastique, ayant des formes animales, mais une intelligence presque humaine. Il faisait sa nourriture des êtres de la région, préférablement des hommes, auxquels il tendait des pièges. Ce monstre répandait la terreur dans le voisinage et nul n'osait s'attaquer à lui. La côte était d'ailleurs couverte de forêts impénétrables où il trouvait de sûres retraites, ainsi que dans des cavernes creusées en forme de puits au milieu des rochers de la côte.

Les flots amènent un jour une barque montée par sept héros idolâtres. A leur vue la bête frémit de rage et d'effroi. Mais rompue aux dangers et les méprisant, elle veut faire face à la mort. Reculant toujours ainsi en regardant ses adversaires, elle se trouve acculée au Pont de la Pierre. Là sept flèches l'atteignent. Deux lui percent les yeux, deux autres les oreilles, deux se logent dans les narines. La septième vient clouer les lèvres de la bête qui, rendue furieuse par son impuissance, pousse d'effroyables hurlements.

On voyait encore, il y a un certain nombre d'années, sur la pointe du Chai, rongée de temps immémorial par la mer, sept pierres de granit disposées en cercle autour d'une cavité arrondie dont on ne connaissait pas la profondeur. Ces pierres servirent de sièges de justice aux sept guerriers.

L'animal Rô, privé de tous ses sens, fut contraint par ses juges de se réfugier dans cette profondeur insondable, et fut condamné par eux à demeurer là jusqu'à la fin des temps.

Quand Rô hurle vers le sud, Maumusson est bouleversé ; quand il envoie vers le nord ses cris de rage, c'est le gouffre de Chevrache, dans le pertuis Breton, qui soulève ses vagues profondes.

Il est heureux pour nos îles, qu'il ne se tourne pas vers l'ouest, d'où sont venus ses juges et ses ennemis, les îles s'envoleraient en poussière. »

[MUSSET Georges, *La Charente-Maritime avant l'h. et dans la l.*, 1885.]
(Il cite en source les « recherches de l'abbé Mongis ».)
Le Pont de la Pierre et la Pointe du Chai : Aytré : 6e canton de La Rochelle (Charente-Maritime).

LE SAUTE-PALISSE

(nom charentais)

« **Saute-palisse** » : « prétendu sorcier. »

[JONAIN P., *Dictionnaire du patois saintongeais*, 1869.]
Charentes : Lieux non précisés.

LES SIRÈNES

« Nous retrouvons encore **la sirène** aux portes de La Rochelle, à la Repentie. D'après une légende populaire, qui aurait été racontée à M. Cassagneaud par M. Guérry, préparateur au musée Lafaille, le nom de Repentie aurait été donné à ce point de la côte de Chef-de-Bois, par suite de la circonstance suivante : "Un riche habitant de cette côte, qui y avait une belle propriété et était père de plusieurs enfants, étant à la pêche avec sa femme, prit dans ses filets une sirène. Celle-ci la supplia de lui rendre la liberté. Le mari y était disposé, mais la femme insista pour garder la curieuse capture qu'ils venaient de faire, et pour la transporter dans leur demeure. La sirène la menaça de l'en faire repentir. Mais malgré ses pleurs et ses menaces, elle fut conduite dans la maison de ses capteurs. Quelque temps après, la mer envahit le rivage et détruisit leur propriété, en enlevant le mari et ses enfants avec la sirène qui laissa ainsi veuve, ruinée et repentie la malheureuse femme, principal auteur de la captivité de ce fantasque habitant de l'Océan ". »

[MUSSET Georges, *La Charente-Inférieure avant l'h. et dans la l.*, 1885.]
La Rochelle (Charente-Maritime).

« Nous retrouvons la fée serpente dans notre **sirène de Châtelaillon** [...] dont l'habitation, l'hôté, a encore conservé son nom parmi les pêcheurs.

La vie de Châtelaillon fut florissante tant que la sirène fut respectée au milieu des rochers qu'elle habitait, mais un jour un pêcheur l'ayant blessée par mégarde, la sirène avant de mourir annonça à la capitale de l'Aunis qu'elle s'en irait tous les jours à la mer d'un sillon et d'un denier. »

[MUSSET Georges, *La Charente-Inférieure avant l'h. et dans la l.*, 1885.]
(N.B. : Cette légende est tès proche de celle de Mélusine à Châtelaillon.)
Châtelaillon-plage (Charente-Maritime).

«**Les sirènes** de l'île de Ré aimaient singulièrement les jeunes marins et les enlevaient sans pitié à leurs fiancés *[fiancées]*. On les a vues à la Pointe des Baleines, dans la baie du Fier, près des écueils de Chanchardon à Antioche... »

[LAMONTELLERIE Aurore,*Carte mythologique de la France : dép. de la Char.-Mar.*, dans : *BSMF,* 1958, p. 27.]
Ile de Ré (Charente-Maritime).

SORCIERS et/ou CHATS et/ou LOUPS-GAROUS (sabbat des)

Il y a plus de cinquante ans un vieil homme (le Grand Francet) racontait que dans sa jeunesse il avait voulu vérifier si, comme il l'avait toujours entendu dire, ***les loups-garous*** *venaient à la « Pierre Debout » le soir de la Chandeleur. Bien caché, il les vit poser chacun une poële à côté de la pierre puis danser en ronde. Des flammes sortaient de dessous les pieds du plus grand. Puis une poële se mit à danser toute seule sur sa queue au milieu de la ronde. Lorsqu'elle tomba le plus grand d'entre eux cria « A qui la pouéloune?... » et l'un répondit « A Léridon* *d'Baunac ...» Sur ce, notre observateur s'esquiva, épouvanté...*

Depuis que des enfants creusèrent un trou à la cime de « La Pierre Debout » et y versèrent de l'eau bénie, plus personne n'y a vu de loups-garous. Mais de drôles de chiens noirs y rodent encore... Maintenant « La Pierre Debout » est appelée « L'Bénitier d'aux loups-garous ».

[D'après : GAGNERE Marius, *Avant que le temps ne l'emporte...*, 1987.]
(La Pierre Debout est située au croisement de six chemins, entre la Billauderie et le Mas, commune de La Magdeleine, canton de Villefagnan (Charente).)

« Le vieux Blanloeil affirmait que tous les mois, à la pleine lune, **le loup-garou et les sorciers** se réunissaient au carrefour des quatre chemins, sous le gros chêne à Jean Picot, et y faisaient des crêpes.

Un soir, en revenant de Marcillac, il les avait vus, et quand ils avaient fini leur « baccanage », ils jettaient la poêle en l'air en criant : “A qui la poéloune ?” Et tous répétaient : “A Lhérideau de Beaunac.” Ce Lhérideau passait pour être le grand chef des sorciers de la région. »

[GANACHAUD Léo, *Souvenirs et espoirs d'un paysan charentais*,1946.]
Ambérac (ou à proximité) : canton de St-Amant-de-Boixe (Charente).

« Bonneuil » : « **Les chats et les sorciers** allaient autrefois, le soir du Mardi-Gras, faire le sabbat au carrefour de Sillet. »

[FAVRAUD A., *Folklore de l'Angoumois*, 1886-94.]
Bonneuil : canton de Châteauneuf-sur-Charente (Charente).

« À Baunac, près de Saint-Fraigne, mais commune d'Ébréon, **les chats et les sorciers** se réunissaient le soir du mardi gras, sur un carrefour, au nord du hameau et faisaient des crêpes.

Chacun apportait sa part du matériel nécessaire à la fête. Une nuit, ils furent surpris et tous s'enfuirent. Le lendemain matin, on trouva sur les lieux tout le matériel et chacun reprit ce qui lui appartenait. Il ne resta qu'un seul objet. Quelqu'un cria : "A qui la poiloune ?" et on répondit en choeur : "Au grand L..., de B... ". C'était un homme adroit et qui faisait ses affaires; il passait pour sorcier. »

[FAVRAUD A., *Quelques légendes et anciennes pratiques de la Ch.*, 1913.]
Ébréon : canton d'Aigre (Charente).

« *[...]* c'est autour de cette pierre* que les chats du pays viennent faire le sabbat *[...].* »

[LIÈVRE A.-F., *Exploration archéologique du département de la Charente, Canton de Saint-Amant-de-Boixe*, 1880.]
* La pierre de Chaufront ou Chaufrant, commune d'Aussac, à la croisée de sept à huit chemins dont 4 servent de limites aux communes d'Aussac, Le Maine-de-Boixe et Nanclars : canton de St-Amant-de-Boixe (Charente).

« C'est le Bénitier des sorciers* ça. *[...]* (Il) y avait une légende qui disait que le soir du carnaval, **les sorciers** *[...]* i(l)s allaient faire le sabbat à leur bénitier. »

[NOWAK Éric, enquête en 1993 auprès de Mr POINFOUX pour Pleuville, seule commune poitevine-saintongeaise du canton de Confolens-nord (Charente).]
* Le « Bénitier des sorciers » est une grosse pierre située à la limite des communes de Pleuville (Charente) et de Châtain (Vienne), précisément au bord d'un chemin, entre Les Melles (Châtain) et Les Vallées (Pleuville).

« Nectorson : Nègre Torson, carrefour formé par l'intersection des routes qui vont d'Epargnes à Virollet et de Saujon à Mirambeau, à l'entrée de la forêt. Suivant la tradition, **les sorciers** y vont tenir leur sabbat dans la nuit du mardi gras. On dit encore : Quand les chats sont partis en noce, qu'ils sont en Nectorson. »

« Il y a bien d'autres carrefours, en Aunis et en Saintonge, où ont lieu le sabbat le rendez-vous des revenants... ; à Thairé, notamment au carrefour des routes de Mortagne-Thairé et Croix-Chapeau-Yves. »

[Mais est-ce bien là le sabbat des Sorciers et/ou des Chats ?]

[MUSSET Georges, *Glossaire*, 1929-1948.]
Nectorson : près de St-Seurin-d'Uzet : canton de Cozes, Thairé : canton d'Aigrefeuille-d'Aunis (Charente-Maritime).

«Parmi les lieux de rendez-vous de sabbat, on cite encore : *[...]* la "Font de Gilan" valon en Pays Bas et Cognaçais à la limite des communes de Bréville (Charente) et de Bollans *[sic : Ballans]* (Charente-Maritime). C'est là que se réunissaient tous les sorciers des environs pour se partager les chiens volés dans le Poitou.»

[LEPROUX Marc, *Médecine, Magie et sorcellerie*, 1954.]
(Il cite en source Mme CADET qui l'a recueilli à Éraville en 1945.)
Bréville : canton de Cognac-nord (Charente), Ballans : canton de Matha (Char.-Mar.).

«Dans tout le Pays Charentais *[...]* nombreux sont les terrains, devenus arides pour avoir été lieu de sabbat. Le bouleversement d'une prairie par les taupes signifie qu'il y a eu là une réunion de sabbat, si bien que dans la Région Saintongeaise, les taupinières sont toujours dénommée siège de sorcier.»

[LEPROUX Marc, *Médecine, Magie et sorcellerie*, 1954.]
Charentes : lieux non précisés.

LE VEAU D'OR

« Les Coux, commune de Puyréaux, est une ancienne villa gallo-romaine, où il a été découvert des fûts de colonnes, des restes de murs couverts de peintures et une belle mosaïque. Un jour, une femme de Saint-Ciers, gardant sa vache en ce lieu, vit un veau d'or, qui la regardait ; elle se hâta d'emmener sa vache et revint bien vite chercher le veau d'or ; mais il avait disparu. Il est caché quelque part en terre.»

[FAVRAUD A., *Quelques légendes et anciennes pratiques de la Ch.*, 1913.]
Puyréaux : canton de Mansle (Charente).

---

*On dit qu'il ya a un « **veau d'or** » dans les lieux suivants : à Puy-de-Nelle[1] près de Champniers, sur un côteau, sous un rocher émergeant du sol ; au Fort-des-Anglais[2], commune des Moutiers ; au Dolmen de la Pierre Blanche[3] de Bessé ; à l'emplacement des deux trous du Four-des-Fades[4] d'Ambérac ; au Terrier de la Fade[5] d'Anglade ou entre la motte Taudias et le Bouil [5bis] à Anglade ; à St-Ciers-sur-Gironde[6] dans un bois situé sur la droite en sortant du bourg par la route allant vers le Pas-des-Fenêtres ; à proximité de la Chapelle de Tutiac (= de Verdot)[7] commune de Reignac; sous la Pierre de Crève-sot[8] commune de Chaillevette, sous le dolmen de St-Brice[9].*

1., 2., 3. [FAVRAUD A., *Quelques lég. et anciennes prat. de la Ch.*, 1913.],
4. [GANACHAUD Léo, *Souvenirs et espoirs d'un paysan charentais*,1946.],
5. [SEBILLOT Paul, *Le Folklore de* France,1904-1906.],
5bis. [URGEL, *Carte des sites archéologiques d'Anglade* (19e), dans *Aux origines de l'archéologie en Gironde : François Daleau*, Société Archéologique de Bordeaux, 1990.]
6. [JOUBERT Sylvain : renseignement transmis à Eric NOWAK en 1996.],
7. [VIGNAU Michel : renseignement fourni à Eric NOWAK en 1996],
8. et 9. [LESSON, *Ère celtique de la Saintonge*, 1847.]
Champniers : canton du Gond-Pontouvre, Mouthiers-sur-Boëme : canton de Blanzac-Porcheresse, Bessé : canton d'Aigre, Ambérac : canton de St-Amant-de-Boixe, St-Brice : canton de Cognac, (Charente), Chaillevette : canton de La Tremblade (Charente-Maritime), Anglade, Reignac et St-Ciers-sur-Gironde : canton de St-Ciers-sur-Gironde (Gironde saintongeaise).

Un toponyme a conservé le souvenir d'un veau d'or : le « Chemin du veau d'or » allant de l'abbaye de Baignes à celle d'Archiac par St-Eugène.

Baignes-Ste-Radegonde (Charente), St-Eugène : canton d'Archiac, Archiac (Charente-Maritime)

LA GRAND VEILLE / LA VILAINE VEILLE / LA VIEILLE / LA GRANDE VIEILLE / LA GROSSE VIEILLE / LA VILAINE VIEILLE

(nom chanrentais / noms charentais francisés)

C'est un être fantastique dont on dit aux enfants qu'il habite les puits, les mares... ceci afin de les dissuader de s'en approcher. Il est appelé **« La Grande Vieille »** *en Charente-Maritime, dans le canton de Matha (à Matha même), dans le canton de Surgère (à Marsais), et dans celui d'Aulnay-de-Saintonge (à Chives); il est appelé* **« La Grosse Vieille »** *en Charente-Maritime, dans le canton de Pons (à Pérignac), et dans celui de Montguyon (à Montguyon même); et enfin il est appelé «* **La Vieille** *» en Charente-Maritime (région de Pons-Saujon), en Charente, dans le canton de Brossac (à Châtignac) et dans le canton de Chalais (à Chalais même), ainsi qu'en Gironde Saintongeaise, dans le canton de Coutras (aux Peintures). D'après Leproux, certains secteurs des Charentes l'appelleraient* **« la Vilaine Vieille »**[1]*. Touts ces mots ont subi l'influence du français, avant cette francisation on devait dire « veille » (prononcé « vèye ») à la place de « vieille », comme en témoignent les noms suivants de cet être fantastique :* **« la grand veille »**[2] *signalé par Doussinet dans les Charentes, et «* **la vilaine veille** *» attesté en Gironde saintongeaise dans le canton de Saint-Ciers-sur-Gironde (à Saint-Palais).*

[NOWAK Eric, enquêtes auprès de : Mme FORTIN (Matha,1998), Odette FAYE (Châtignac, 1999), Mr THUILIER (Chalais, 1999), Claudine BASTISSE (St-Palais, 1999), et 4 anonymes (Montguyon, 1998, Chives, 1998, Les Peintures, 1998, Marsais, 1999.] [LORIOUX Florence, enquête auprès de : Jean-Claude THIRÉ : Pérignac , 1999.] [BOSSY Freddy : communication à propos de la région de Pons-Saujon (1999).] 1. [LEPROUX, *Médecine, magie et sorcellerie*, 1954.] 2. [DOUSSINET R., *Le Paysan saintongeais « dans ses bots »*, 1963.]

LA VEILLE DORMILLE / LA VIEILLE (sens 2)

(nom charentais / nom charentais francisé)

« L'enfant était élevé dans la crainte de créatures imaginaires *[...]*. Il redoutait : "*[...]* **la veille Dormille**, qui jettait du sable dans les yeux des petits qui ne voulaient pas aller se coucher".»

[DOUSSINET Raymond, *Le Paysan saintongeais « dans ses bots »*, 1963.]
Charentes : lieux non précisés.

« **vièille** » : « Personnage fabuleux qui endort les enfants.»

[DUBOIS U., DUGUET J., MIGAUD J.F., RENAUD M., *Glossaire*, t 3, 1994.]
Charente : lieux non précisés.

LA (SAINTE) VIARJHE / LA (BOUNE ou SAINTE) VIÈRJHE / LA VIERGE

(noms charentais / nom français)

« Les légendes de **la vierge** se sont quelquefois substituées à celles des fées. »

[MUSSET Georges, *La Charente-inférieure avant l'h. et dans la l.*, 1885.]

« Les habitants de Montguyon se transmettent pour légende une croyance légèrement altérée de la mythologie celtique. C'est **la sainte Vierge** qui estvenue du ciel apportant dans un voile de gaze les pierres qui le composent *[le dolmen de la Pierre-Folle de Montguyon*].»

[LESSON, *Ère celtique de la Saintonge*, 1847.]
Montguyon (Charente-Maritime).

« **La bonne Vierge** portait des pierres dans son tablier, la lie s'étant rompue, les pierres tombèrent et formèrent le dolmen *[à La Vallée]*.»

[MUSSET Georges, *La Charente-Inférieure avant l'h. et dans la l.*, 1885.]
(Les sources qu'il cite ne me semblent pas correspondre à cette légende.)
La Vallée : canton de St-Porchaire (Charente-Maritime).

« Entre les Bourgs de Bessé, Tusson et Charmé, au-delà des grands bois de Bessé, sur un coteau qui domine la contrée, se trouve le Dolmen de la Pierre-Blanche, gros bloc de granit supporté par trois autres blocs plantés en terre.

Voici comment les grand'mères racontent sa construction. Il y a bien longtemps, **la bonne Vierge** descendit du ciel cette grosse pierre sur la tête, les plus petites dans son tablier de mousseline, et la déposa en ce lieu. Autrefois une chandelle y brûlait toute la nuit et un veau d'or est caché dessous.»

[FAVRAUD A., *Quelques lég. et anciennes prat. de la Ch.*, 1913.]
(Cette information lui a été transmise par M.Jacques Duquerroy, cultivateur, qui le tient de sa grand'mère âgée de 80 ans en 1890.)
Dolmen de la Pierre-Blanche : Bessé : canton d'Aigre (Charente).

«Non loin de Saint-Brice, à Saint-Fort-sur-le-Né, limite des deux Charentes, et dans l'Angoumois, on trouve un deuxième dolmen, dont la table est un massif caillou rougeâtre, reposant sur trois pierres fichées dans le sol. On ne trouve pas aux environs de roche silicieuse de même nature que les pierres du monument *[...]*. Les paysans ont pour croyance une légende très répandue en Saintonge et même dans le reste de la France ; **la Sainte-Vierge**, en érigeant cet autel, apporta les grosses pierres qui le forment, la table sur sa tête et les piliers dans un tablier de gaze;

mais en sautant légèrement le cours d'eau du Né, un des piliers s'échappa du tablier et tomba dans le ruisseau.»

[LESSON, *Ère celtique de la Saintonge.*, 1847.]
(ORIGÈNE, dans : *Les monuments mégalithiques du Pays de Cognac*, paru dans : *Le Pays de Cognac* (1933), précise que la pierre supposée perdue par la Ste-Vierge, « longue de 2 m », est située « au point où le ruisseau de la Font de Pouzoux se jette dans le Né, au pont des bons enfants ».)
Saint-Fort-sur-le-Né : canton de Segonzac (Charente).

À Fouras lorsqu'il pleut et fait soleil en même temps, on dit : « **La sainte Viarjhe** boulanjhe »[1], et à Bréville lorsqu'il neige on dit aux enfants : « Ol ét **la boune Vierghe** qui pieume ses pirons »[2] *[= oisons].*»

Lorsque l'on voit des « fils de la vierge », on dit que c'est « **La Vièrjhe** qui file »[3], *ou* « **La sainte Vièrjhe** qui file »[4]. *On dit aussi* « **La Viarjhe** file sa tèle »[5], *ou encore* « **La sainte Vièrjhe** épare sa bujhée »[6], *ou c'est* « **La sainte Vièrjhe** qui fait sa bujhée »[7].

1. [BOSSY Freddy, *Lexique maritime de la Saintonge et de l'Aunis*, 1982, pour Fouras : canton de Rochefort sud (Charente-Maritime).]
2. [DOUSSINET Raymond, Le Paysan saintongeais « dans ses bots », 1963, pour Bréville : canton de Cognac-nord (Charente).]
[MASSIGNON G. et HORIOT B., Atlas linguistique et etnographique de l'ouest, vol. II, 1974, pour St-Sornin (3), Archingeay (4), Chartuzac (5), St-Georges-des-Agouts (6), St-Germain-du-Seudre (7), (Charente-Maritime).]

ANONYME, note parue dans : *Recueil de la commission des arts et monuments historiques de la Char. Inf.*, tome 5, 1878-1881, page 55.

ANONYME, *Une nouvelle bigourne,* dans : *L'Echo de Chatelaillon-les-bains*, n°44, 10 novembre 1895.

ANONYME, *Dialogue Piaret-Jacquet*, manuscrit de 1725, *Dialogue Jacquet-Margot*, manuscrit de 1737, publiés par Jacques DUGUET *dans Le Manuscrit de Pons*, SEFCO, 1970.

BARIL (instituteur à Migré), *La Grosse pierre d'Antezant*, dans : *Bulletin des travaux historiques et scientifiques de St-Jean-d'Angély*, 1863.

BELLET Daniel, *Les fois de l'Île de Ré*, dans : *Revue des traditions populaires*, tome V, 1890.

BELLOUMEAU, *Notes sur la commune et succursale de La Ruscade, suivies d'un Dictionnaire français-gabay et gabay-français*, manuscrit, 1863. (En cours d'édition.)

BOSSY Freddy, *Lexique maritime de la Saintonge et de l'Aunis*, Bordeaux , 1983. (Thèse de doctorat de 3ème cycle, inédite.)

BOSSY Freddy, communication manuscrite faite à l'auteur en 1999.

CADET Albertine, *Question : Le Chat capitau*, dans : *Aguiaine*, revue de la Société d'Etudes Folkloriques du Centre-Ouest, tome 1, 11ème liv., 1964.

CADET Albertine, *Le souvenir des fées en Angoumois et en Saintonge,* dans : *Aguiaine*, revue de la S.E.F.C.O., tome 2, 3ème liv., 1965.

CHATREAU Gilbert (sous le pseudonyme de GIGI), *Des parlers, us et coutumes de chez nous*, sans date (1971).

CHAUDRUC DE CRAZANNES, Antiquités de la ville de Saintes et du département de la Charente-Inférieure, Paris, 1820.

COLLE Robert, LAHETJUZAN Henri, *L'Humour en Aunis et Saintonge*, La Rochelle, Rupella, 1978.

CONDAT Jean (dit : CHAPELOT J.), Contes Balzatois, tome 2, 1878.

DE LA VERGNÉE Avril, *Extrait d'une notice sur une découverte de monnaies poitevines au nom de Charles de Melle*, dans : Bulletins de la Société des Antiquaires de l'Ouest, Poitiers, 1852, (bulletin de 1850).

DOUSSINET Raymond, *Le Paysan saintongeais « dans ses bots »*, La Rochelle, Rupella, 1963.

DOUSSINET Raymond, *Les Travaux et les jeux en vieille Saintonge*, La Rochelle, Rupella, 1967.

DUBOIS U., DUGUET J., MIGAUD J.-F., RENAUD M., *Glossaire des parlers populaires de Poitou, Aunis, Saintonge, Angoumois*, St-Jean-d'Angély, Société d'Etudes Folkloriques du Centre-Ouest, 1991-1994.

DUGUET Jacques, *Noms de lieux des Charentes*, Paris, Bonneton, 1995.

DUPLAIS DES TOUCHES A., *Les grottes de la Roche-Courbon*, dans : *Revue de la Saintonge et de l'Aunis*, 1896.

EVEILLE M.A., *Glossaire saintongeais*, Paris : Champion, et Bordeaux : Moquet, 1887.

FAVRAUD A., *Folklore de l'Angoumois*, Angoulême, Typ. Voleau, 1894-98.

FAVRAUD A., *Quelques légendes et anciennes pratiques de la Charente* (Huitième Congrès préhistorique de France, session d'Angoulême, 1912), Imprimerie Monnoyer, Le Mans, 1913.

FRANCE Moïse, *La Mistouarde*, dans : *Le Subiet,* SEFCO, mars-avril 1970.

GAGNERE Marius, *Avant que le temps ne l'emporte...,* Editions la Péruze, Ruffec, 1987.

GANACHAUD Léo, *Souvenirs et espoirs d'un paysan charentais*, Editions Coquemard, Angoulême, 1946.

GAUTIER M.-A., *Statistique du département de la Charente-Inférieure*, première partie : *statistique générale*, La Rochelle, 1839.

GELIN Henri, *Au temps passé à travers Poitou et Charentes*, Niort, 1922-1924.

GEORGET Armand, *La Légende des fadets amoureux*, dans : *Aguiaine*, revue de la SEFCO, tome 8, 2ème liv., mars-avril 1979.

HILLAIRET Robert, *Lexique illustré du patois charentais*, Bassac, Vers les Bouvents, 1973.

JÔNAIN Pierre, *Dictionnaire du patois saintongeais*, Royan : Chez l'auteur, Niort : Clouzot, et Paris : Maisonneuve, et Compagnie, 1869.

LAMONTELLERIE Aurore, *Bigournes et ganipotes*, dans : *Bulletin de la Société de Mythologie Française*, XIX, 1950.

LAMONTELLERIE Aurore, *Carte mythologique de la France : département de la Charente-Maritime*, dans : *Bulletin de la Société de Mythologie Française*, XXV (1957), XXVI (1957), XXVII (1957), XXIX (1958).

LAMONTELLERIE Aurore, *Le Diable et sa part en Charente-Maritime*, dans : *Bulletin de la Société de Mythologie Française*, XXXIX, 1960.

LEPROUX Marc, *Médecine, magie et sorcellerie*, P U F, 1954.

LESSON Primevère, *Lettres historiques, archéologiques et littéraires sur la Saintonge et sur l'Aunis (département de la Char.-Inf.*, La Rochelle, 1842.

LESSON Primevère, *Fastes historiques archéologiques, biographiques, etc. du département de la Charente-Inférieure*, Rochefort, 1842.

LESSON Primevère, *Histoire, archéologie et légendes des Marches de la Saintonge*, Rochefort, 1846.

LESSON Primevère, *Ère celtique de la Saintonge*, Rochefort, 1847.

LIÈVRE A.-F., *Exploration archéologique du département de la Charente, Canton de Saint-Amand-de-Boixe*, Angoulême, Goumart, 1880.

LORIOUX Florence, enquête orale, réalisée en 1999 auprès d'un informateur de Charente-Maritime.

MARCUT Piare (pseudonyme de PELLISSON), *La chasse galerite*, dans : *Bulletin de la Société des Archives Historiques, revue de la Saintonge et de l'Aunis,* XXII, 1902.

MASSIGNON Geneviève, HORIOT Brigitte, *Atlas linguistique et ethnographique de l'ouest (Poitou, Aunis, Saintonge, Angoumois),* Paris, C.N.R.S., volume II, 1974, volume III, 1983.

MEYER L.-E., *Glossaire de l'Aunis*, Niort, Clouzot, 1870.

MONGIS Théophile, *À travers genêts et bruyères : Légendes et récits de la Haute-Saintonge*, Lyon et Paris, Delhomme et Briguet éditeurs, 1894.

MUSSET Georges, *La Charente-Inférieure avant l'histoire et dans la légende*, 1885.

MUSSET Georges, *Glossaire des patois et des parlers de l'Aunis et de la Saintonge*, La Rochelle, Masson et fils, 1929-1948.

NOGUES J.-L.-M., *Les Moeurs d'autrefois en Saintonge et en Aunis*, 1891.

NOWAK Éric, enquêtes orales, réalisées entre 1986 et 1999 auprès de trente-trois informateurs de vingt-huit communes de Charente, Charente-Maritime et Gironde saintongeaise.

ORIGÈNE A.-D., *Les monuments mégalithiques du pays de Cognac*, dans : *La Pays de Cognac*, Cognac, Les Editions de La Salamandre, s. d. (1933).

R. Eug., *Les Bigournes*, dans : *Bulletin de la Société des Archives Historiques, revue de la Saintonge et de l'Aunis,* XXII, 1902.

REZEAU Pierre, *Dictionnaire des régionalismes de l'Ouest*, Les Sables-d'Olonne, Le Cercle d'Or, 1984.

SEBILLOT Paul, *Le Folklore de France*, 1904-1906.

URGEL, *Carte des sites arch. d'Anglade* (19e), dans *Aux origines de l'arch. en Gironde : François Daleau*, Société Archéologique de Bordeaux, 1990.

VERNEUIL Alice, *La Circulation routière au début du siècle*, dans : *Aguiaine*, revue de la SEFCO, tome 10, 1er liv., janv.-fév. 1976.

GESTE ÉDITIONS
Centre Routier – 79260 LA CRÈCHE
Tél. : 05 49 05 37 22 (édition) - 05 49 05 83 50 (commercial)

Fondée en 1968, l'UPCP a pour but de défendre et promouvoir la culture poitevine saintongeaise entre Loire et Gironde. L'action de l'UPCP. et de ses associations adhérentes prend en compte les diverses composantes de cette culture, comme la langue régionale, les savoirs et savoir-faire populaires, les coutumes, l'histoire, la vie sociale et économique Elle revendique auprès des pouvoirs publics une meilleure reconnaissance de l'identité culturelle régionale, comme facteur de dynamisme social et économique. Afin de développer ses propres moyens d'action, l'UPCP a créé GESTE ÉDITIONS.

Remerciements : à Mmes Francine Ollivier et Simone Mignot, ainsi qu'à M. Freddy Bossy, pour m'avoir fourni un double du manuscrit de l'abbé Belloumeau, à Mme Florence Lorioux, à M. Jean-Loic Le Quellec et à M. Freddy Bossy pour leurs relectures, au personnel des bibliothèques municipales de La Rochelle et de Saint-Jean-d'Angély, à Mme Agathe Morin et à toute son équipe du fonds ancien et régional de b bibliothèque municipale de Saintes, à Mme Monique Angibaud documentaliste de la SEFCO, et à tous mes informateurs.

Vous connaissez un autre être légendaire de la région ou d'ailleurs (son nom, sa légende…) ? Ou, au contraire, l'un de ceux que j'évoque ici vous était déjà connu par tradition orale ? Envoyez-moi tout cela, en précisant bien le lieu exact où vous l'avez entendu (et vos coordonnées pour d'éventuels compléments), à l'adresse de l'éditeur (en précisant. a l'attention d'Éric NOWAK), qui me transmettra.

En couverture : LA CITROUILLE D'HALLOWEEN

La citrouille évidée, percée de trous représentants un visage, et garnie d'une bougie, était connue dans la région bien longtemps avant qu'elle nous revienne d'Amérique en tant que « citrouille d'Halloween ». En témoignent, pour les Charentes, le sens 3 du mot « bigourne » et le sens 2 du mot « mitouarde », ainsi que, pour la Gironde saintongeaise, l'anecdote citée au sujet de la « ganipote ».

Mise en page : Éric NOWAK
Suivi éditorial : Marie-Hélène Biraud
Achevé d'imprimer sur les presses
d'OFFSET 5 — ZI de la Gare — BP 29
85150 LA MOTHE-ACHARD
Dépôt léqal : 4e trimestre 1999